新潮文庫

海峡の光

辻仁成著

新潮社版

6433

海峡の光

I

陸《おか》に上がった後も海のことがいつまでも忘れられない。函館《はこだて》湾と津軽海峡とに挟まれたこの砂州《さす》の街では、潮の匂《にお》いが届かない場所などなかった。少年刑務所の厳重に隔離された世界も例外ではなく、海峡からの風が、四方に屹立《きつりつ》する煉瓦塀《れんがべい》を越えてはいともたやすく吹き込み、懐《なつ》かしいが未《いま》だ癒《い》えない海の記憶を呼び覚まさせる。

船を降りて二年しか経《た》っていないせいもあり、肉体の芯《しん》には船上にいる時の目眩《めまい》にも似た感覚が残っていた。足先に力を込めて踏み支え、潮と潮がぶつかりあう海峡の真ん中で、垂れ込めた灰色の空から打ちつける夥《おびただ》しい雪片の礫《つぶて》を顔に受け止めながらも、生と死の境目にいるような底揺れに堪えた。連絡船の汽笛が遠ざかり、スクリューの振動が失せ、海鵜《うみう》が空の彼方《かなた》へと飛翔《ひしょう》してしまうと、私はいつもぽつんと函館少年刑務所の敷地に佇《たたず》み、ただぼんやり碧空《あおぞら》を見上げているのだった。

最初は海を避けるようにして刑務所内の仕事に従事していたが、夜間勤務を経て、今年の春からは船舶訓練教室の副担当官の職務に就くことになり、海と再び向き合わなければならなくなってしまった。全国で唯一《ゆいいつ》この函館少年刑務所には船舶教室と呼ばれる船舶職員科が設けられていた。今年訓練を受ける受刑者は総勢十名で、その中にかつての同級生の名があった。いつかはこういう日が来るのでは、という懸念《けねん》が現実になったことにうろたえたが、さらに私を驚かせたのはその同級生があの花井修であったことである。

新入調《しんいりしらべ》の時に、彼自身が名乗ってはじめて記憶が蘇《よみがえ》った。慌《あわ》てて府中刑務所から送られてきた花井修の身分帳を見返すと、転校を繰り返した彼の履歴の一隅に私が通っていた小学校の名が混じっていた。

私は担当官の後ろから花井修の変わり果てた、と言っても小学生時代の美少年の彼しか知らないのだが、今やすっかりくすんで窶《やつ》れきった、青年とは既に言いがたい男の顔をじっと観察した。

当時の花井は優等生で、クラスメートたちの人望も厚かった。貧しく地味で薄汚い私にさえ、まるで仏のように手を差し延べ、同級になったばかりの五年生の頃はよく窮地を救われた。ところが私は次第に、花井の優等生ぶりに薄気味悪い居心地の悪さを感じるようになっていく。どこのクラスにも必ずいる悪餓鬼たちに私はよく苛《いじ》められたが、当然のように救いに来る花井修を、苛めっ子たちの幼稚な悪意以上に認めるわけにはいかず、その清々《すがすが》しい仮面は不愉快極まりなく、彼に助けられながらもいつも気持ちがすっきりとしなかった。苛めっ子たちを自慢の舌鋒《ぜっぽう》で封じ込め、私を彼らの無邪気から解放する時、周囲の生徒の羨望《せんぼう》の視線を一身に浴びて、彼は少年特有のカタルシスに上気しているのがありありと窺《うかが》えた。鼻孔を開き、口許《くちもと》に笑みを湛《たた》え、顎《あご》をあげて得意になっている花井修の姿は、脳裏に焼きついたまま離れることがない。

私がそんな花井の真意と出会った時のことを語らなければならない。六年生に進級したばかりの春、人通りの少ない坂道の途中で、花井を目撃した。穏やかな山背風《やませかぜ》が街路樹を撫《な》で、蔵の白壁に葉影の文様を踊らせていた午後のこと。花井の少し前を歩いていた老婆《ろうば》がひょんな拍子で躓《つまず》いて倒れ、ずんと鈍く石畳の上に転がった。しかし、花井は一切助け起こそうとせず、目もくれず、高慢な表情を頑《かたく》なに崩さず老婆の脇《わき》を通り越した。彼が老婆を見捨てた瞬間、私は自分の洞見が正しかったことに満足した。善意をひけらかす相手が周囲に誰もいない時、花井の慈悲深い瞳《ひとみ》はただの曇った硝子玉《ガラスだま》となり鈍《にび》色の光を跳ね返す。花井は直後、道を横断しようとする小犬を後ろから追い立て悪童そのものとなって蹴飛《けと》ばし、いっそう馬脚を現した。むしろその時はじめて花井修は私の中で、少年らしさを見せてすっくと立ち上がったのだった。

花井は老婆を見捨てたが、洋館の塀に凭《もた》れていた私に気がつき、立ち止まると背後でうずくまる老女を意識しながら不覚に青ざめ、視線を私に凝固させた。鈍色の瞳はますます曇り、暗く頭骨の内側へとどこまでも深く陥没した。私は、花井の張りぼての両目が溶けだし、奥に広がる暗澹《あんたん》たる内部が露出していくのを楽しんだ。やがて顔を伏せて小走りで駆け抜けた花井の、薄く上品な口許が歪《ゆが》んでいるのを私は見逃さなかった。

残忍な苛めはその翌日からはじまる。私は突然仏の慈悲から見放され、彼が転校するまでの残りの数か月を、惨《みじ》めに痛めつけられて過ごさなければならなくなってしまった。

あれから既に十八年もの歳月が流れた。彼が私に気がつかないのも無理はなかった。私は苛めからの脱出法として、中学は空手、高校はラグビーに打ち込み肉体を窮《きわ》めようとした。がりがりの身体《からだ》は鍛練のかいあって逞《たくま》しく成長し、胸板は他のどの男子生徒よりも厚かった。同時に身長も著しく伸び、ラグビー部では主将を務め、その頃になると誰も私に手を出すことができなくなっていた。肉体が出来上がっていくに従って面構《つらがま》えの方も、浅黒く引き締まり精悍《せいかん》になった。かつての私を知る者たちが次第に私を恐懼《きょうく》し、掌《てのひら》を返すように遜《へりくだ》る様子は見ていて実に滑稽《こっけい》だった。

今では私の身長は花井よりもずっと高く、痩《や》せこけた彼は眼下で小さい。私が着ている制服や目深《まぶか》に被《かぶ》った制帽も充分彼を威圧したし、受刑者の前では無闇《むやみ》に微笑《ほほえ》んではならぬという決まりがますます私の顔を変容させて、今の私は彼にとっては最も恐ろしい権威の壁となっているようだった。私の前を通過する時花井はそそくさと、同時に誠意を取り繕って会釈《えしやく》をしたが、誇りを捨てた無様な姿を私は特に侮辱するわけでもなかった。私は新入調の最中、私とこの男との間に横たわった時間の川の、静かだが力強い流れを覗《のぞ》き込んでは、川底の流砂を見下ろすのだった。

担当官は花井に罪状を問う。彼は淡々とした口ぶりで、傷害です、と答える。知っていたのにその言葉は元優等生が口にするには生々しく響き、私の顔面を僅《わず》かに強張《こわば》らせた。

花井修の身分帳によると、彼は五年と半年前の二十四歳の秋、東京恵比寿《えびす》の路上で会社帰りのサラリーマンを、所持していた登山ナイフで刺して重傷を負わせた。花井は国立大学を卒業し、外資系の銀行に勤めており、そこでの人望も小学生時代と同様非常に厚かった。両親との仲も悪くなく、杉並の実家で家族三人何不自由なく暮らしていた。

　重傷を負わせたサラリーマンと花井とはその時が初対面であり、目撃者らの証言によると花井はサラリーマンとすれ違った直後、身を翻《ひるがえ》すなり軽快な足取りで追いかけ、まるで知人を呼び止めるような恰好《かっこう》で男の背中に体当たりしたのだと言う。会社の同僚同士のふざけ合いではなく、事件と、はっきり目撃者たちが認識出来たのは、花井の右手に血に染まった小刀が握りしめられているのを見た時だった。花井は人を刺したというのに逃げだそうともせず、わめき散らして苦しがるサラリーマンの体から夥しい量の血が赤黒く歩道を染めていくのを、数歩離れた所から人ごとのような顔つきで眺めていたのだった。

　取調べに対して花井は、むしゃくしゃしたから、とただそれだけを繰り返したが、裁判でも精神に問題があったのではないかと弁護側が精神鑑定を要求し、精神科医の診察を受けることになった。しかし何度検査をしても異常が発見されることはなく、結局、本人の陳述以外にはっきりとした動機も見当たらないまま、逆にその言葉が有罪の決定証言となって、求刑通り八年の刑が確定した。

「東京で五年半務めているから、あと二年と半年で出所だな」

花井は頷《うなず》かなかった。まっすぐに担当官の目を見て唇を引き締めた。その執拗《しつよう》な瞳の輝きに、私はなぜかほっとした。この男は顔には出さないが、腹の奥にかつてのような悪意を秘めている気がした。花井は私を一瞥《いちべつ》した。しかし表情に変化はなく、視線はそのまま室内を物色して、また元の担当官へと戻った。こちらは奴隷《どれい》のような扱いをされたから忘れたくとも覚えているが、向こうは彼の父親の仕事の関係で転校を繰り返し、函館にいたのも僅かに二年、日本中あちこち渡り歩いた上のほんの一時期の関わりでしかない。しかも私たちの間には十八年もの歳月が流れているのだ。悔しいが当時を振り返る限り彼の記憶の片隅に私が残留している可能性は薄かった。全く私に気づかないのなら、こちらも最後までそう振る舞おうと心に決めた。上司にも船舶教室の法務技官や同僚たちにも、花井が同級生であったことは口にしなかった。

少年刑務所とは言うが、受刑者の中には老人もいる。七十歳でも初犯であればここへ入れられる。六つある北海道の刑務所の中でも、ここだけが初犯の受刑者を収容していた。そのため若い受刑者が目立ったが、交通犯罪などで送り込まれた受刑者の他に、覚醒剤《かくせいざい》や窃盗《せっとう》、或いは花井のように傷害などの犯罪に手を染めた者も含まれていた。初犯で、最高八年までの実刑を受けた者しか入所することは出来なかった。

昭和三十九年からここは、受刑者の職業訓練を第一の目的として運営される総合職業訓練施設に指定され、公共職業訓練所の専修訓練課程に相当する授業や指導が取り入れられた。花井が属する船舶職員科は海洋技士の免許を取得することを目的とした。全国の刑務所から希望者を募るため、中には花井のように五年も六年も東京で服役した者が、社会復帰の目的で船舶の免許を取るためにやって来るケースも少なくなかった。もっともここで最終的な免許を取得できるわけではなく、試験に合格すれば学科が免除されるに留まり、出所してから実地試験を別途各自で受け直さなければならなかった。

函館少年刑務所は一隻《せき》の訓練船少年北海丸を有していて、冬以外は実習でしょっちゅう沖に出た。殺人未遂等の刑の重い者でも、船舶訓練のためなら刑務所の外に出ることが特別に認められていた。

花井は誰よりも模範的に見えたし、実際刑務官たちの評判も悪くはなかった。ここに来たばかりの頃、その日常態度は、少年時代の彼を彷彿《ほうふつ》とさせた。礼儀正しく、挨拶《あいさつ》も快活だった。休憩時間はいつも静かに窓の外を眺めて穏やかに過ごしていた。普段から些細《ささい》なことによく気がつき、落ちているゴミを見つければ率先して手を伸ばすような優等生ぶりを発揮し、小学生の頃の他人に認められたくていい子になろうとしていた片鱗《へんりん》は健在だった。

2

夜も八時を過ぎると、街角から人影がめっきり減った。駅前歓楽街のネオンは警告の灯だ。刑務官が一人で夜のこの街を歩くのは不用心なことで、同僚同士気をつけろとよく自戒しあった。出所後更生できず、ここへ舞い戻って来る元受刑者も多く、面が割れてしまえば、罠《わな》を仕掛けられる懼《おそ》れもあった。

柳小路《やなぎこうじ》の突き当たりに、連絡船乗組員が集う古びた船員バーがある。元々は外国船員専門のバーとして戦後まもなく開店したが、今は船員たちよりもどちらかと言えば金のない大学生やサラリーマンで賑《にぎ》わっている。

「いよいよ明日っから俺はJRの人間さ。ファンネルマークもJRだ」

客室係のかつての朋輩《ほうばい》が告げた。

「来年には連絡船は廃航、そして俺たちゃみんなお払い箱だもんな」

がっしりとした体格の男が六人、輪を作って静かに安酒を嘗《な》めている。沈鬱《ちんうつ》な顔をして、みな視線をテーブルの上の海図に似た木目に落として。誰もが分かりきったその先の進路については言葉を渋った。

――トンネル開通後は連絡船は廃止とする。

昭和五十五年、当時の運輸大臣が述べた一言によって、連絡船の廃航は確定した。何千億円もかけたトンネル工事に対して、連絡船は赤字運航。青函《せいかん》トンネルが開通した後、民営化されたＪＲ北海道がそれを残すはずもない。廃航後の就職先がまだ確定していない者たちの不安の吐息がその時船員バーの沈黙の中を漂った。

「俺はとても陸《おか》では働けねぇな」

機関士が力なく零《こぼ》した。ンだ、と同意したのは二等航海士である。誰もが必死で身の振り方を検討する毎日だったが、海での職場は限られていたし、不景気がここでも影を落としていた。新会社が再雇用しなければ、船に残った者たちは家族を抱えて路頭に迷うことになる。

「お前は賢いよ。民営化の噂《うわさ》が出た途端に転職だもんな。俺たちゃ今頃慌《あわ》てて、まるでキリギリスみたいでねぇか」

二等航海士が久しぶりに顔を出した私を覗き込んでは、厭味《いやみ》たっぷり口許に笑みを溜《た》めた。別の誰かが、新しい仕事の方は順調か、と好奇心に声を昂《たかぶ》らせた。残りの者が一斉に顔を上げ、真先に陸に上がった者から明るい希望を掬《すく》い取ろうと目を光らせた。陸に上がったのは私の他にも数名いたが、残った者との不和や蟠《わだかま》りを避けるように、彼らのほとんどは札幌か東京へと出ていった。

私が無言で握りしめたグラスの中身を一気に飲み干すと、船員たちの嘱望はふいに閉ざされ、口許や目元は前よりも突っ張って固くなり、視線は再びテーブルの中心で寒々と絡《から》み合っては幻の海流の渦潮に飲み込まれていった。

「でも俺はキリギリスでいい。海が好きだ」

機関士の言葉は決して力強くはなかった。自分を発奮させるというのではなく、逃げ場のない捨てぜりふだった。彼は真先に船を見限った私が許せない。グラスを握りしめる手元が言葉よりもはっきりと私を責めたてる。

大半の船員は最後の瞬間まで連絡船で生きることに誇りを持っていた。精一杯努力した者を新会社も行政も見捨てるわけがない、と考えることで、彼らは不安な今を乗り越えようとしていた。

「俺もキリギリスでいいで」

今度は二等航海士が激しい調子で私に浴びせた。逡巡《しゅんじゅん》に溺《おぼ》れかけている男たちは再び視線を逸《そ》らしあった。反論したかったが、代わりにきつい酒を注文した。店の主人が持ってきたウォトカを機関士が横取りし、皆が見ている前で一気に飲み干してしまった。機関士の酔態は私への当て付けだった。彼と私とは同期入社で飲み仲間、それだけに彼が私に裏切られたと思っても、仕方のないことである。

私が誰よりも早く陸の仕事についたのには幾つかの理由があり、一つには妻の懐妊があった。生まれてくる子供のためにも、砂州の街が再就職者で溢《あふ》れる前になんとかいい仕事に就かなければと私を焦《あせ》らせた。妻と知り合ったのは連絡船の上でだった。プロムナードデッキに立ち、入日を観望していた旅行者の彼女に、私の方から声を掛けた。埼玉県に住む彼女の親の猛反対を押し切っての結婚になった。どうしても失業するわけにはいかなかった。民営化された後の国鉄に残ることも考えてはみたが、数年後に合理化が迫っていて、そうなれば連絡船の乗組員が真先に首を切られるだろうと噂されていた。

刑務所の他にも、気象庁、東京消防庁、NTT、と実際には片っ端から試験を受けた。結局受かったのは法務省だけで、刑務官の仕事がどういうものか、まだその時は何も分かっていなかった。研修期間の半年を札幌で過ごし、その後希望が叶《かな》って函館への赴任となった。

高校時代のラグビー部マネージャーが起こした投身自殺も、船を降りる大きなきっかけの一つである。連絡船は自殺の名所で、景気が悪くなると、必ず自殺者が出た。羊蹄《ようてい》丸ほどの大型船になると、デッキを見回っている私たち客室乗務員でさえ自殺の瞬間を目撃することは稀《まれ》で、大抵は船が青森に着き、客室に残された荷物の中から遺書が出て、はじめて判明するという具合だった。

溝口君子《みぞぐちきみこ》を乗船客の列に見かけた時、私は嫌な予感に襲われた。両目は突き出した頬骨の上で鬱々と翳《かげ》り、髪はほつれ、前の人にぼんやりと従う姿からは、既に死の忍び寄る気配さえ漂い、声を掛け損じるほどの重く圧迫した空気が周囲には立ち込めていた。まさか、と自分を落ちつかせたがいつまでも予感は納まらなかった。自殺者は大抵乗船する時から挙動不審者が多く、出航すると決まってすぐにデッキへ出る。私たち客室係の大きな仕事の一つにそういう人物の発見があった。あまり挙動の怪しい者は、それとなく様子を探り、場合によっては声を掛け事情を聞くこともあった。その夜は雪霰《ゆきあられ》がちらついており、海に飛び込めばまず助かる見込みはなかった。

船が内海を出た辺りで、溝口君子がおもむろに席を立った。大抵の自殺者がそうであるように、彼女もまたふらふらとデッキへ出た。慌てて駆け寄り呼び止めた。君子は振り返ると弱々しい声で、え、斉藤君、と漏らし、小さな目を丸くさせた。学生時代の君子は決して美人というわけではなかったが、明るく健康的で、仕種《しぐさ》や雰囲気が可愛《かわい》らしかった。彼女に想《おも》いを告白されたのは、私が主将になった二年生の秋だった。それまでは冗談を言い合う仲だったので、ふいにラブレターのようなものを手渡された時は戸惑った。次の日から君子は急に女らしくなった。ところが数日後、もう一人のマネージャー、真知子からも同じ告白を受けた。彼女たちは親友同士で、真知子は君子に悩みを持ちかけられているうちに私を意識するようになったと言う。君子の伝令の役を買って出ながら、真知子は裏で私に迫った。

主将になったせいなのか、誰にも負けない強い男になろうとしたためだろうか、私は生まれてはじめて女性を選択できる立場にいた。

負けず嫌いの真知子と交接を持った後も、君子を手放したくなくて彼女の気を引くような振る舞いを取り続けた。ずっと弱者だったことへの反動もあった。部室で君子と二人きりになった時、私は背後から彼女をきつく抱きしめた。彼女の心臓の、叩《たた》くような激しい鼓動を掌《てのひら》で喜びながら、もっと痩《や》せて可愛くなったら付き合ってあげるよ、と酷《むご》い言葉を口にしたこともあった。

真知子との仲をいつまでも隠せなくなると、君子がふいに疎《うと》ましくなり、彼女に見せつけるようにあからさまに真知子とたわむれ合い、君子を退部へと追いやった。卒業と同時に真知子は私を捨てるようにして東京の専門学校へと進み、その腹いせに私は君子を誘い朝まで連れ回した。呼び出しに応じた君子の心中を試すように、埠頭《ふとう》で接吻《せっぷん》を求めた。それ以上は拒まれたが、まだ自分のことを忘れられずにいる女の柔らかい唇の感触は、私に自信を回復させた。

八年ぶりに再会した溝口君子は、まるであの時の私の仕打ちを卒業後も引きずりつづけてきたかのような窶《やつ》れかたで、目はすっかり光を失い疲憊《ひはい》しきっていた。唇は乾ききり口紅さえ塗られておらず、ひび割れていた。視線は私を通り越したり手前で停滞したり終始不安定で落ちつかず、かと思えば臆病《おくびょう》そうに目を細めてじっと私を覗《のぞ》き込んだ。あの焦点のずれた瞳《ひとみ》の奥に巣くっていた、病んだ魂の叫びに、あの時私はもっと真剣に耳を傾けるべきであった。

「なんだか様子が暗かったもんでさ、自殺でもするのかと思ったんだ」

冗談めかして私は彼女の顔色を窺《うかが》ってみた。君子は、まさか、と笑いながら、よしてよ、ひさしぶりに会うなりそんな悪い冗談、と言い放ったが、あれは拵《こしら》え事《ごと》をしている人間の目であった。

外は寒いから中に入った方がいい。ラグビー部時代の思い出話をした後でそう慫慂《しょうよう》すると、彼女はおとなしく従って一旦《いったん》は席に戻った。その時は当座の危機を脱したような安堵《あんど》感に胸を撫《な》で下ろした私だったが、しかし心の片隅では彼女の死を予知してもいた。

「こんなところで会うなんて何かの縁ね」

船室に入る間際《まぎわ》、君子は振り返りざまに呟《つぶや》いた。その言葉は痛々しいくらいに今でも耳奥にしっかりと焼きついている。結局それが彼女の最後の言葉となってしまった。

船はその後順調に航海を続けたが、一時間三十分ほどして丁度海峡中央部に差しかかった時、再びデッキを歩いている君子を見かけた。今更ながらに思い出されるのはその決意したような穏やかな横顔である。船室にいた私は慌てて君子の後を追いかけたが、彼女が歩いていたデッキの上には既に人影はなかった。はじめて自分の対処のまずさに慌て、同僚たちにも君子を探させたが、私と私の同僚が揃《そろ》って船尾のカーデッキへと辿《たど》り着いた時、船の後部に広がる果てしのない闇《やみ》の彼方《かなた》へ向かってまっすぐに、すうっと音もなく滲《にじ》むように消えて無くなる人の残像を目撃した。その時は君子が飛び込む瞬間を確認できたわけではなかった。私も私の同僚も、雪片が所々揺らめく闇の一隅に肌色の旗が翻《ひるがえ》るような舞いを見たに過ぎない。それが死の瞬《また》きだとは思えないほどに鮮麗な投身自殺の残像であった。

すぐに海上保安庁に連絡を取り海中転落者の捜索は開始されたが、そこは最も海流の激しい地点で、しかも夜だったために一帯は墨色に重苦しく沈み込み、探照灯を照らしても波頭が見えるばかりで、大方の予想通り彼女の遺体は発見されなかった。

船尾からの投身の場合スクリューに巻き込まれて粉々に破砕されてしまうことが多かった。自殺の理由は明らかには伝わって来なかったが、思い込むと一途《いちず》な性質の君子ゆえ、男に振り回された挙げ句の決心ではなかったか、と勝手に推測した。私はそれから暫《しばら》くデッキに出るのが恐ろしくなり、特に夜の航海では客室の窓越しに君子の幻影をよく見るようになった。何かの縁ね、と言い残して死んだ彼女の声ばかりが、夜のデッキを歩くたび、耳にそして神経に染《し》みだしてきた。

船員バーの中二階で男たちは相変わらず言葉を殺し、静かにそれぞれ酒を酌《く》み交わしていた。私も酔っていた。何も彼もが都合のいい言い訳のような気がして歯がゆかった。連絡船の元同僚たちの顔は、夜の海中を漂う蛍イカのように店の暗がりに弱々しく浮き上がっていた。がっしりとした肉体はまるで張りぼてのねぶたのように頼りなかった。グラスの中で虚《むな》しく響きわたる氷の音だけが、時折沈黙を目覚めさせた。

誰かが、そろそろ帰るわ、と立ち上がると、一人二人後を追った。店を出ると、寥々《りょうりょう》とした町中を一人函館桟橋《さんばし》まで歩いた。大門《だいもん》通り周辺は人の気配さえなく戒厳令が敷かれた共産圏の首都のように古びた建築物が立ち並んで、路面には市電の線路だけが鈍く光を放っていた。

青函連絡船乗り場には羊蹄丸と摩周丸の巨体が桟橋の第一岸、第二岸に並んで停泊しており、穏やかな波が船体に打ちつけては、夜のしじまに間の抜けた合いの手を入れた。暫く見つめていたが、明日にでも廃棄処理をされる捨て犬を見ているような居たたまれない気持ちになってしまい、目を逸らした。函館山がロープウェイ山頂駅の照明によって、ほの白い稜線《りょうせん》を闇に描いていた。

客室係の職を得て、青函連絡船の甲板からはじめて函館山を見た時、私は行方不明だった父と再会を果たしたような感動を覚えた。父親は祖父の代から続く底《そこ》見《み》の漁師で、私が小学四年の時に函館山の丁度真裏、かつて寒川という集落があった辺りの磯《いそ》で水死した。

厳寒の二月、父は仲間たちと幾艘《そう》もの磯舟を連ねて螺《つぶ》やウニや鮑《あわび》を採りに漁に出た。あいの風と呼ばれる北風が吹くと波が荒れるので、それを合図に大抵の漁師は帰路に着いた。父は人一倍の努力家で、帰る仲間たちの背中に向かって、もうちょっと踏ん張るべさぁ、と言うのが口癖だった。その日もそう言い残し、一人函館山の真裏の北風の和らぐ場所へと船を漕《こ》いだ。そこなら多少海が荒れても漁を続行することができた。漁師魂が徒《あだ》となった。ちょうど穴間海岸の突端へ出た時、強靱《きょうじん》なあいの風が吹いた。海全体がひっくり返ったかと思うほどのおぞましい波濤《はとう》が起こり、父の乗った小船はそのまま凍《い》てついた岩場へと激しく叩きつけられてしまう。砕け散る船から放り出された父の身体《からだ》は波の飛沫《しぶき》に断崖《だんがい》の最も突き出た岩場の突端へと吹き上げられ、今度はもう一度打ち寄せた高波によって、あっさり浚《さら》われてしまった。始終を漁師仲間たちが見ていたが、とても助けに行ける状況ではなく、人々は声を嗄《か》らして父の名を叫び続けるしかなかったと言う。

結局死体は上がらず、多分父は沖に流され、海流のエアーポケットのような場所へと連れ去られたに違いなかった。そこは海の墓場と呼ばれ、一旦入り込むと二度と外には上がれない海域であった。

内洋を抜け出る時に見る左舷《さげん》前方に、照る日を浴びて、凜《りん》として輝く函館山は風光絶佳この上なく、父親の魂が宿っていると信じるに相応《ふさわ》しい貫禄《かんろく》であった。青森から帰還する時、山は海原の先に蜃気楼《しんきろう》のようにじわりと頭を突き出していつも出迎えてくれた。片雲が山の稜線を掠《かす》める時、私には父が思い耽《ふけ》り太い眉根《まゆね》を顰《ひそ》めたように感じられ、旭光《きょっこう》に赤く染まった父の面輪《おもわ》は漁に出る前のあの勇ましさに満ちた顔貌《がんぼう》そのものだった。豪雪に立ち向かう父は、黒っぽい雪化粧にかじかみながらも、物事に耐える厳しさを伝えてきて、私もよくそれを見習っては様々な日常の辛苦から立ち直ることができた。春の雪解け直後の晴れがましい顔は、まさに漁を終え港に降り立つ父そのもので、骨身を惜しまず仕事をやり遂げた男らしさに満ちていた。夏の弾《はじ》けるばかりの緑葉に包まれた顔は、私だけに微笑《ほほえ》んでいた。四季を通して、私はいつも父と一緒であり、山にその霊が宿っていると素直に信じることができた。

そんな父の死を花井修は報復の手段に利用し、侮辱した。

「斉藤の父親は密漁者だった。だから、函館山の大神さまの怒りを買って、時化《しけ》に飲み込まれたんだ」

父の名誉を傷つけられることが、どんな肉体的な苛《いじ》めよりも当時の私を苦しめた。花井の中傷はすぐに広まり、私が否定すればするほど、父は密漁の首謀者となってその一生を学校という小さな世界の中で汚《けが》され続けた。同じ学年に父の漁師仲間の息子や娘もいたが、私が彼らに救いを求めても、誰も私の味方にはならず、口を閉ざした。不良たちは、花井が見捨てたことに勢いを得て、私を教室の隅に追い詰めた。仏の慈悲は、悪魔の傍観へと変わり、花井は弱い立場の私を執《しつ》拗《よう》に支配しようとした。直接花井に手を下されたことはなかったが、その指図は全《すべ》て彼が暗躍しており、操られた悪童たちによって私は、何か月もの間、女生徒の見ている前で殴りつけられ、鞄《かばん》を窓から投げ捨てられ、髪の毛をライターで焼かれたのだった。

私は花井の入所以来、周囲に気づかれぬよう彼だけをそっと見つめた。授業中はもちろん、食事や休憩時も、或《あ》いは用便に立つ時でさえ花井の一挙手一投足に集中した。今更、復讐《ふくしゅう》などは考えておらず、汚された父の名誉を挽回《ばんかい》するつもりもなく、ただこの男がかつて老婆《ろうば》を見捨てた時のようにふとしたきっかけで虚飾の化けの皮を脱ぎ捨てて、裏側の性悪が露呈する瞬間を見極めたかった。花井はなかなか素顔を明かさなかった。朝六時四十分の起床から、九時三十分の就寝まで、その仮面の箍《たが》を一貫して緩めず、与えられた日常を営々とこなしていた。

3

船舶訓練教室は甲板科と機関科とに分れている。花井は船の舵取《かじと》りを目指す甲板科に属しており、法務技官である船長たちが教壇に立って専門知識を与えた。甲板科の座学は最初の二か月間、連日午前八時から十一時四十分までと午後零時三十分から夕方の四時まで授業が行われたが、その間、花井修は他のどの受刑者たちよりも真剣さでは群を抜いていた。船長が黒板に書きとめる専門用語を一つ残らず帳面に書き取る相貌などからは、更生へ向けた真率さしか読み取ることができなかった。横顔に窓越しの光が射《さ》す時など、晴々と見え、府中から移ってきたばかりの頃のやせ衰えたみすぼらしさも今や幾分消え失《う》せ、この男が残虐《ざんぎゃく》な傷害事件を引き起こしたことさえも忘れさせてしまう静謐《せいひつ》があった。

ある時、週に三度の運動時間のこと、花井は人々がフットベースボールをしたり日向ぼっこをしている群れから少し離れたグラウンドのほぼ中央に立っていた。片方の肩だけが下がり気味の背中が気になった。

様子を窺っていると、今度はおもむろに刑務所を囲む高さ五メートル五十センチの煉瓦塀《れんがべい》に向かって歩き始めた。思い詰めたような感じはなく、むしろ優雅なざっくりとした歩みだった。

私は舎房からグラウンドへ出ると、気づかれないように花圃《はなばたけ》に潜みながら進み、倉庫の日陰に飛び込むとそこから花井修の表情を観察した。塀まで僅《わず》か十メートルほどのところで花井は立ち止まり、塀の先端を見つめていたが、顎先《あごさき》は彫刻のように固まり動かなくなってしまった。瞳の所在は遠すぎて判別できなかったが、神経の微細な集中が鼻梁《びりょう》や前額から迸《ほとばし》っていた。あまり塀に近づきすぎると警告せねばならなかった。身構え、目を凝らし、花井の行動に釘付《くぎづ》けとなった。

快晴、雲は無い。五月の風は心地よく、ここが刑務所であると知らなければ、まるで田舎の寄宿学校にいるような長閑《のどか》さである。鳥が空にピンで止められたかのように、花井の頭上高く静止して見えた。少年刑務所と道を一本隔ててすぐ向かい側の競輪場から、人々の歓声が風に乗って届けられた。刑務所の現実とはほど遠い市民の興奮である。熱狂する声音《こわね》は、観客の感情が高まるにつれ受刑者たちの気を引きつけた。彼らは顔をあげ、目を細め、塀の向こう側で行われている熱烈な競走の模様を思い描くのだった。手の届きそうな自由と不自由極まりない規律が、赤煉瓦塀を挟んで対峙《たいじ》していた。更に競輪場のすぐ真裏には海岸線が迫っており、ここに囚《とら》われている者なら誰もが一度は、瞼《まぶた》を閉じて顎を持ち上げ、潮の香りを胸一杯吸って、見えない海原の気配を懐《なつ》かしもうとした経験があるはずだった。

トップの選手がゴールインし、レースが一つの山場を過ぎると競輪場の熱気は急激に去り、同時に受刑者たちの、膨らむだけ膨らんで何処《どこ》へも到達できなかった欲望の気球も萎《しぼ》んでいく。ところが花井の背中だけが周囲の失われつつある熱気の中で見事に存在をきわ立たせ、照り映える運動場に彼の野心の人形《ひとがた》をたなびかせていた。その肉体がひるむことなく壁に対して並行に屹立《きつりつ》しているのが、一つの予感を私の背骨に走らせた。花井は棒高跳びの選手だった。凝固した視線は塀の高さを測り、踵《かかと》には力が漲《みなぎ》り、まさにこれから記録を更新しようとしているかのように見えた。

花井は静かな一歩を踏み出した。十メートルを少しずつ自分の手元に手繰り寄せ筋肉の撓《しな》りを全身に滲ませた。塀までの距離が三メートルを切れば、私は笛をふき、彼に向かって駆け出し、大声を発しなければならなかった。しかし次の瞬間、彼は塀まであと数歩の位置でぴたりと停止した。塀が太陽との駆け引きで拵《こしら》えた影によって、花井の頭部は二分された。耳だけが光に晒《さら》され、逆に表情は煉瓦塀の影の中へと没した。

かつて、私への苛めが激化した直後に、花井の後をつけたことがあった。人が見ていなければ彼の正義感などすぐに破綻《はたん》し嘘《うそ》が露呈するはずなのだから、後をつければ老婆を見捨てた時のようにいつか何かをしでかすはずであった。それを目撃し、今度こそはっきりとした弱みを握り花井を脅かせば、私は解放されるばかりではなく、運がよければ偽物《にせもの》の君主を逆に支配できるかもしれないと考えたのだ。

花井は私に尾行されているのも知らず、呑気《のんき》に前を歩きつづけ、一方私は充分距離を取って、完璧《かんぺき》な尾行を遂行した。花井の挙動が怪しくなったのは旧イギリス領事館の建物を過ぎた辺りからである。周辺に人の気配がないことを確認してから花井は一軒の空き家らしい古びた洋館の、立入禁止と大きく書かれた通用門の、僅かに開いた隙間《すきま》から中へと侵入した。その瞬間私は彼が中でやらかそうとしている罪の大きさを想像しては、歓喜せずにいられなかった。

立入禁止の四文字に私はほくそ笑み、そそくさと洋館へ足を踏み入れたのだが、果してそこで見たものは数匹の捨てられた子猫に餌《えさ》を与える花井修の、それこそ少年らしさに溢《あふ》れた姿だった。花井は給食のパンを鞄から取り出すと、千切っては子猫たちに与えていた。そこには善だけが口をあんぐりと開けて存在していた。花井は猫を虐待しているのではなく、彼らを必死で生かそうとしているのだった。それ以上そこにいて彼の慈善を見せつけられるのは苦しく、退散しようとした。自分は学校であの猫たちが想像することもできないほどの酷《むご》い仕打ちを受けているのである。

ところが踵《きびす》を返そうとした時、花井の所作に一点の曇りがあることを発見した。猫にパンを与えるその手に視線を集中させると、パンの描く放物線が次第に謎《なぞ》を解明していった。花井は明らかに一匹の猫にだけ餌を与えていないのだった。その子猫は他の子猫たちよりもずっと痩《や》せこけて、もう随分長いこと何も食べていないようなおぼつかない足取りであった。痩せこけた子猫が花井に擦り寄ると、彼は背中を摘《つま》んでは遠くへすっと放り投げた。そして他の元気な猫たちには、まるで痩せた子猫に見せつけるようにパンをあてがうのだった。子猫の迫った死が見える。数日後には餓死し、花井はそれを楽しむのだ。他の猫たちに餌を与え、子猫を彼らの見ている前で飢え死にさせる。何と花井らしい遊びだろう。死を弄《もてあそ》ぶ花井の顔の信じられないほどの爽《さわ》やかさ。私はその時花井の中に眠る悪神を見抜けた満足で欣喜《きんき》した。

学校中に言い触らすつもりでうきうきしながら家に戻った。翌朝、誰よりも先に登校し、黒板にその時の状況を仔細《しさい》に書き記すことで彼に深い痛手を与えようとした。ところが眠ろうとすると、あの飢え死にしそうな子猫が頭の中に現れては訴えてくる。忘れようと試みるが、まどろむ度に悪夢にうなされ、私は、その子猫に餌を与えるために深夜家を抜け出すことになった。その日から、自分にそっくりな子猫を殺させないことが一つの意地となってしまった。

花井が子猫たちに餌を与え終わった後、私は洋館に忍び込み痩せこけた猫にだけ餌を与えた。結局子猫は死なず、花井はいつまでも死なない子猫に業《ごう》を煮やし、その他の猫たちにも餌を与えるのを止《や》め、ついには立ち寄らなくなってしまうのだった。花井はまたもや弱者を見捨てたわけだが、私は他の子猫たちをも見捨てられず、彼に代わってパンを届けつづけることになった。

休憩時間の終了を告げるベルが刑務所内に鳴り響き、ふっと花井の屈強な輪郭が動いて、同時に一枚の絵の均衡が崩れた。その時私が漏らしたため息とは、一体何を期待してのものだったか。汗を拭《ぬぐ》い、彼の後ろ姿と刑務所を囲む煉瓦の塀を交互に見比べ、更にもう一度深い嘆息を漏らしてしまった。

六月の第二週、はじめて花井たちは船に乗るため刑務所の外へ出た。もっとも最初から彼らが船を運転して沖に出るようなことはない。海に慣れるまで、埠頭《ふとう》に接岸された船上で、船の各部の名称を覚えたり、コンパスや海図の見方を実際の海を前に確認したり、或いは遭難した時のロープの縛り方などの基本的訓練を受けるのである。

受刑者たちは、少年北海丸が係留されてある埠頭まで、鉄格子で窓が塞《ふさ》がれた護送バスに乗せられて出掛ける。花井は窓際《まどぎわ》に座っていた。受刑者たちはここでも私語は認められず、護送バスが目的地に着くまでの間まっすぐ正面を向いていなければならなかった。私は運転手の傍らに立ち、バスが目的の埠頭に到着するまでの間、厳しく彼らを見張った。

暫《しば》くぶりの娑婆《しゃば》に、受刑者たちが興奮しているのが伝わって来る。飛び跳ねたい欲求に口許《くちもと》を緩めている者や、気持ちの昂《たかぶ》りを抑えきれず泣き出しそうな顔をしている者など様々である。しかし花井は、他の受刑者のようにこそこそ眼球だけ動かしては、派手な恰好《かっこう》の女性や、通りの景色を眺めたりはしなかった。私のすぐ脇《わき》に座す運転手の後頭部を漠然と眺め、視線は欲望を一切遮断した機械的な自制心によって見事なほどに揺れなかった。

少年北海丸は、イカ釣り漁船と小型巡視艇を混ぜ合わせたような外観を有していた。船が違うとはいえ、逃げるように陸《おか》に上がった私にとっては、気楽に乗り込めるほどまだ充分海の禊《みそ》ぎを終えておらず、抵抗があった。タラップを伝い受刑者たちの後につづいてデッキに足を下ろした途端、海のおもての拒むような揺れを察知し、海がまだ私を許してはいないことを悟った。

法務技官たちや担当官は私がかつて青函連絡船に勤務していたことを承知してはいたが、受刑者たちには内緒にした。刑務官の履歴に関しては特に秘密にするのが決まりであった。私は口を真一文字に噤《つぐ》み、目深《まぶか》に被《かぶ》った制帽の下からじっと彼らを見た。船長や甲板長《ボースン》のように、親しみを滲《にじ》ませながら接する立場とは違い、看守の私は権力の壁としてのみ存在の意味があった。威圧的に彼らの前に立ちはだかり、自由な世界と規律の世界との境界になる。彼らが間違いを犯さないようにその挙動を徹底的に監視しつづけ、時には力で不正を叩《たた》きなおすのである。

私の二つの眼球は、船上の彼らの上をゆっくりと移動した。どこに誰がいて、何をしているかをきちんと把握するために、彼ら以上にいつも神経質かつ俊敏でなければならなかった。温和な風が私の頬を淩《さら》っていこうと、私は決して人懐《ひとなつ》っこい自然に対してさえ心を許すことはなかった。

こうして受刑者らを無言で威圧することが看守の一番の仕事であると私は最近になってやっと自覚した。威嚇《いかく》こそが、彼らとこの異質な空間で向かい合う、一番まともな方法だった。灰色の囚人服に身を包んだ丸刈りの若者たちを時々鬼兵《おにへい》曹《そう》のような態度で高みから眺めたが、私はこうして彼らを見下ろすことで、受刑者たちから会話以上の信頼を得ていると自負した。下らない同情は禁物だった。

船長が訓練生たちに向かって、がんばれよ、と掛け声をかけても、私は決して仮面をはずさなかった。監視者として彼らに隙を見せず、頑固な視線だけを飛ばした。彼らも決して私と視線を合わせようとはしなかった。監視される者たちにとって、看守は刑務所全体を認識する対象であり、同時に権威の壁の一つの煉瓦に過ぎない。受刑者たちは、看守という像を恐れるのであって、私という個人を恐れているのではない。私という個人は、常に彼らの意識の外側にある。

私は花井に対しては他のどの受刑者たちよりも感情を見せず、場合によってはより厳しく威圧し、幼い頃の私を彼の記憶が間違えても呼び戻さぬよう、高所へよじ登っては見下ろした。デッキの上でしゃがみこんでロープの縛り方を練習している花井修のすぐ脇に立ち、腕を後ろに組み、唇を尖《とが》らせてただ静かに見た。ここでは法律も人権も届かない、絶対的な規律だけが存在していた。彼らは更生するために訓練をし、私は彼らが服役中に過《あやま》ちを犯さぬように監視する。人間的であろうがなかろうが、私たちの共生は理屈を越え、規律という囲いの中だけで成立する信頼関係を生んだ。

休憩時間が来て、私は受刑者たちとともにデッキで弁当を食べた。快晴の空のもと、見る側も見られる側も動物としての欲求を満たすための一時的な休戦協定が結ばれる。

少年北海丸が停泊している埠頭の突端で釣り人たちが糸を垂らしていた。大学生らしい若者の姿も見える。笑い声が穏やかな風に乗って届けられた。大声を張り上げれば届きそうな距離である。すぐそこを漂う娑婆の平穏に戸惑いながらも、受刑者たちは弁当を食べなければならなかった。市民の楽しそうな声に居たたまれず、背を向け、手元に視線を落としている者もいる。私たち刑務官も、どちらかと言えば笑い声からはほど遠いところに気持ちはあった。看守でありながら、時々自分も刑を受けている人間の一人のような気分になるのだ。

花井は弁当を一人離れた船首でつついていた。黙々と飯を嚙《か》む姿は更生へ向けてひたむきに努力する服役者に間違いなかった。灰色の作業衣を纏《まと》い、他の受刑者たちと混ざっている限りは小学生の頃のあの飛び抜けて利発な美少年の面影はなかった。

まもなく花井は顔を上げた。函館桟橋《さんばし》に停泊する青函連絡船を見ている。自分のかつての恋人を品定めされているような気恥ずかしさに見舞われていると、花井修は唐突に私に向かって声を上げた。

「交談、願います」

彼は立ち上がり、両手をまっすぐ下に伸ばした。受刑者は刑務官にいちいち私語の許可を求めなければならない。制帽で隠された私の顔を花井の二つの目が珍しく注視したのが気になった。帽子の鍔《つば》で辛うじて花井の視線を躱《かわ》しながらも、過去を勘づかれたか、と私は微《かす》かに怖《おそ》れた。

よし。交談を許可すると、彼は再び函館桟橋へと視線を投げやってから、あの右側のレンガ色をした連絡船はなんという名でしょうか、と質問した。知らずに聞いているのでなく、全《すべ》てを知っていながらわざと聞いているようでもある。

私は僅かに目を細めた。他の受刑者たちも函館桟橋の方を一斉に見あげる。やはり花井が勘づきはじめた気がした。いくら制帽を目深に被っているとはいえ毎日行動を共にしているのだ。看守は受刑者のように名札をつけたりはしないが、私が斉藤という名であることは船舶科の受刑者なら誰でも知っており、そんなやつがいたな、と遠い日の記憶を反芻《はんすう》しはじめる可能性もあった。

気掛かりを振り払うために私は、わざと船首まで赴き、彼の脇に並んだ。そして花井の存在を押し返すような強さで、羊蹄《ようてい》丸だ、と告げる。沈黙があった。何かが起こるのではないかと知らぬ間に身構えたが、結局何も起こらず花井修は一言、ありがとうございます、と言ってしゃがみこんだ。私の足元で元通り丸くなり再び弁当の残りをつつきはじめる小さな花井に私は胸をなで下ろしたが、何故《なぜ》彼が私に連絡船の名を、それも羊蹄丸の名を聞いてきたのかという疑問だけは甲板の上に取り残されて、行き場を失っていた。

4

数日後曇り空の下、少年北海丸は沖へ出た。

内海の上空を雲が筋状に流れていく。その切れ目から日脚が幾条《いくすじ》も降り注ぎ、紺碧《こんぺき》のおもてに部分的に怪しげな光の塊を隆起させた。青函連絡船のデッキから見下ろす海面とはまるで違って、波の下には巨《おお》きな生き物が蠢《うごめ》いている気配が満ちていた。

船を降りた途端、海を恐れるようになった。暫く海から遠ざかろうと心に決めていたせいで、久しぶりの出帆は古傷がふいに痛みだしたような嫌な気分であった。父の屍《しかばね》がまだどこかを浮遊しつづけているかもしれない。溝口君子の粉々になった存在のかけらが、或《ある》いは沈没した洞爺《とうや》丸の乗客や乗組員たちの、更にはこの海で自殺した無数の癒《いや》されない魂たちが、いまだ成仏《じょうぶつ》できず彷徨《さまよ》っている気がしてならなかった。

私の脅《おび》えとは別に少年北海丸はエンジン音を勇ましくあげながら進んだ。

「右四十五度、距離一マイルないし二マイル、同航船一隻《せき》あり」

花井修が双眼鏡を覗《のぞ》きながら、声を振り絞る。ワッチと呼ばれる訓練は、接近してくる船舶を監視し、その距離や船種を大声で船長らに報告するもので、船首に四人、またブリッジの左舷《げん》と右舷に三人ずつが立たされて行われた。花井修は船首にいた。

「花井、声が小さい」

甲板長《ボースン》の割れた声がスピーカーから飛んだ。花井はもう一度、今度は下腹部を力ませて声を絞り出した。左舷からも右舷からも受刑者たちの胴間声が飛び交う。機関長は船室のレーダーを見て、彼らが目見当で計測した他の船との距離が正しいかどうかを見極め、間違えていれば、それをマイクを通して訂正した。

船は速度を落とし、湾内を航行した。漁船が幾艘《そう》もそのすぐ脇を通過していく。

少年北海丸が刑務所の訓練船であることを漁船員らは知らないのか、或いは近くにある北海道大学水産学部の訓練船と思い違いをしているのか、漁民はにこやかに手を振ってきた。戸惑う受刑者たちに、振り返してやれ、と私は声を掛けた。数名が高く手を上げた。

午後から小雨が降り始め、受刑者たちは雨合羽《あまがっぱ》を羽織っての訓練となった。時化《しけ》はじめた海に揺さぶられることで、彼らはいきなり本心を現した海と向かい合うことになった。訓練船は最初から外海には出ないことになっていたが、その日船長は受刑者たちに生きた海の怖さを教えようと、不意に内海と外海の境界へと針路を取った。内海を出た途端波が荒れ、船は上下左右に傾《かし》いだ。船長は船をそこにとどめ、若い訓練生たちの肝っ玉を試した。十分もすると船首に立つ花井が真先に上体を屈曲させ苦しそうな表情を浮かべた。顎《あご》を引き、口を真一文字に結び、手にした双眼鏡を腹の上に押し当てている。

次第に雨は本降りになり、我々の頬を叩いた。船体が更に大きく揺れると、花井はその身をいっそう縮め、口許を窄《すぼ》めた。まるで父の怨霊《おんりょう》が船を揺さぶり、彼への報復を始めたような錯覚が起こる。前方に広がる暗灰色の海の底から伸びる二本の紫の手が、花井の腹部を締めつけているのではないか。

　この揺れは、連絡船のとは比べ物にならない危うさである。しかし船長たちは微笑《ほほえ》んでいる。船が違えば、こんなに海も違うのか。私でさえも何かに摑《つか》まらなければ立っていられないほどだった。花井は普段の冷静な顔をかなぐり捨て、上体をこちらへ向けると救いを求めるように、願います、と叫んだ。私はじっと彼を見ていた。気づかうわけではなく、交談を許可しようともせず、花井の顔が悲痛で捩《よじ》れるのを正視しているのだった。花井は船首にしがみつくと、海に向かって顔を突き出し激しく嘔吐《おうと》した。その丸く大きく何度も収縮する背中を見ながら、私は父に連れられて沖に出た時の鮮やかな海中の色合いを思い出していた。

　記憶にある海は凪《なぎ》で、見渡すかぎり金波である。父が漕《こ》ぐ磯舟《いそぶね》の舳先《へさき》から手を伸ばしては、海面のさらさらとした和やかな水の感触を楽しんでいた。まるで海は一つの生命体のように、光を食べて呼吸している愛《いと》しい動物のようだった。あれは確か、五歳の誕生日であり、私にはまだ海は陸地の続きのようだった。

少し沖に出ると、父親は私を抱きかかえ反動をつけた後、そのまま海中に放り投げてしまった。驚きと焦《あせ》りで私はもがき、溺《おぼ》れかけた。その時の泡と水の、音のない反照は美しかった。自分の下に何十メートルにもわたって地面がないことを想像して恐怖しながらも、海中に差し込んでくる光の鋭角な瞬《また》きに同時に感動していた気もする。

泳げない私が船まで泳ぐしかなかった。海は固体ではなく、力めば力むほどに、ずるずると埋没していく蟻《あり》地獄のようだった。しかしその力の抜き方と出し方の微妙な違いを私は動物的な勘によって自然と摑み取っていった。何度も海底を見た。海原の輝かしい光の原野とは違い、そこは暗く定かではない。ただ筋状の光線が不安な暗がりの中へと飲み込まれていくのだった。体が反転し、その度口腔《こうこう》から泡が放出した。

なんとか船腹に辿《たど》り着いた時、私は太い漁師の腕に掬《すく》い上げられたかと思うと、空中を舞った。

「海と友達になれば怖くねぇべや」

私に泳ぎを教えた父は、再び何事もなかったかのように船を漕ぎはじめる。幼い私は花井のように暫く船の舳先に凭《もた》れ掛かって嘔吐しつづけた。肌で海を感じ、海の剽悍《ひょうかん》な気風と絹にくるまれたような安らぎを同時に感覚的に捕まえた瞬間でもあった。

気がつくと、少年北海丸は函館港の沖合、穴間海岸の少し先に停泊していた。父親が、時化た波によって叩きつけられたと思われる岩場が眼前にそそり立っている。断崖《だんがい》が山肌を痛々しいほどに晒《さら》している。私は父親の死を認めなかったために、かつて一度として霊前に手を合わせたことがなかった。父には墓がない。死体が上がらなかったのだから、墓はこの海だった。今こうして、父親を打ち砕いた断崖絶壁の岩場に臨むと、墓参りに来たような気がする。父は私の中でいつしか死に、彼の死は、私の成長とともに封印された。私は足を踏ん張り、船の甲板から眼前の大きな岩の塊に向かって黙禱《もくとう》をした。

雨合羽を弾《はじ》く雨の音が耳を連打した。機関長が酷《ひど》くなる一方の空模様を気づかいながら船長に向かって、どうしますか、と叫んだ。受刑者たちは予測できない海の過激な洗礼にすっかり腰を引いて、臆病《おくびょう》になっていた。

「右三十度、距離一マイル、接近する大型船あり」

右舷に立つ受刑者が大声を上げた。雨はその時一段と激しさを増し、横殴りの雨が視界をますます閉ざしていった。汽笛が湾の方より強くこだました。羊蹄丸の汽笛である。右舷のデッキへ走り、受刑者から双眼鏡を奪うと覗き、判然としない視界の奥からこちらへ迫ってくる船の輪郭を見つけた。レーダーを覗き込んでいた機関長が、青函連絡船です、と船長に告げる。

静かに逞《たくま》しく進んでくる羊蹄丸の姿がまもなく猛雨の中、薄膜を突き破るように視界に現れた。五千トンを越す船影が黒くはだかり、我々を圧倒した。

私は船首の幾分高くなったデッキへと登った。自分が羊蹄丸を見上げる位置にいることが悔しくて仕方なかった。羊蹄丸はその時、荒れだした海などものともせず、もうじき終航だとは思えないほどに堂々と、少年北海丸の前を少しもくすむことなく過《よぎ》っていくのだった。デッキを行き交う船員の制服姿も見えた。それが誰かまでは判別出来なかったが、間違いなくかつての朋輩《ほうばい》たちである。今彼らがどんな作業に追われ、どんな思いで、かつて北海道と本州とを結んだ大動脈、しかし今や辛うじて繋《つな》がっているに過ぎない細い血管のような航路を守っているのか、私は想像しては肺奥の空気をこっそり吐き出した。

5

夏も近づいたある日、月一度の持ち回りとなっている舎房勤務の順番が回ってきた。木造平屋の獄舎の、体育用具室の空気にも似た、つんと鼻につく黴臭《かびくさ》い匂《にお》いにはいつまで経《た》っても慣れることがなかった。特に夏は風が抜けず、閉鎖的な穴蔵の空気はいよいよ澱《よど》んだ。私の足先は、花井修が収容されている第三寮へと自然に向いた。

日が経つほどに花井はますます私の中で立ち上がり、それは今や四六時中気になって仕方のない存在へと膨らんだ。家族との日常に身を浸している時でさえ、花井は幽霊のようにすうっと現れた。あなたの幼なじみの人、まだあなたのこと気がつかないの？　妻は子供を寝かせつけた後の、話題が無くなった退屈な時間を狙《ねら》ってわざと聞いてきた。私が黙っていると、いいのよ、応《こた》えなくて。刑務所のことは聞かない約束だものね。でもそれを最初に口にしたのはあなたの方なのよ。小学校の同級生が入所した。頭が上がらなかった。なのに今じゃ俺が懲罰を与えることだってできるって。あなた自慢気だったじゃない。妻は日常の憂《う》さでも晴らすように、私に食い下がった。私を怒らせるこつをよく心得ていた。大声を出そうものなら、いいのね、お母さん起きちゃうわよ、と奥の部屋でここ数年病気で臥《ふ》せている母の方を顎でしゃくった。看病と育児の毎日なんだもん。愚痴言ってるわけじゃないけど、夜に少しぐらい普通の夫婦のように世間話をしたって構わないでしょ。花井の薄笑いを浮かべた涼しい顔が、ふっと心に割り込んでくる。まるであの男が私の日常を、獄舎の中から遠隔操作しているようだった。

夏の休日の日差しが舎房の突き当たりにある格子《こうし》窓《まど》から斜めに差し込み、幾条もの光の柱を拵《こしら》えた。どこから舞い込んだか蝶《ちょう》が、羽根を弱々しく翻《ひるがえ》らせては宙を彷徨《さまよ》っていた。羽ばたきの、機械仕掛けの玩具《がんぐ》のようなひとかきひとかきや、傷《いた》んだ羽根の表面の模様までもが確認できた。紛れ込んだが抜け出せず、もう長いとここを行き交っている様子で、すっかり生命力も消尽しきってなんとも哀れだった。窓がなく、密閉された舎房の廊下を飛ぶモンシロチョウの静かだが鬼気迫る舞いに、私は束《つか》の間放心状態となり、次第に死へと向かいつつある蝶の美しく危うげな瞬間の一つ一つを目で追いかけては、逆に自分の心が落ちつくのを覚えた。

花井が転校することを知ったのは、一学期の終業式より僅《わず》かに一週間前、夏休みを目前にしたやはり暑気に逆上せる真夏日のこと。花井の転校を知った時、私はまず大きく安堵《あんど》した。花井さえいなければ悪餓鬼たちの罪のない苛《いじ》めなど苦でもない。無視してしまえばほとんど次元の低い悪戯《いたずら》として片づけることができた。問題はここに花井の知恵が加わることによって、悪童の罪の無いちょっかいが突然何倍も陰湿な苛めへと凶暴化することにあった。

「協調できないはみ出し者を僕たちが愛情をもって鍛えなおしてやらなきゃ」

彼の一言で私はクラスの不出来な落ちこぼれと決めつけられて、手厳しい攻撃の的となった。正義の名のもとにふるわれる制裁ほど恐ろしいものはない。人を殴りつけておいて、彼らは花井の説いたカタルシスに浸るわけだから、悪いことをしたという意識がまるでなく、そればかりか私を導くと豪語して力加減もない。花井も私を利用し、とかげの尻尾《しっぽ》のように扱うことで、クラスをうまく一つにまとめあげ、自分の確固たる地位を築いていた。花井が転校せず卒業まで学校に残ったなら、私は人間としての尊厳を維持出来たかどうか疑わしい。

花井の出発の日が迫って来ると、私は復讐《ふくしゅう》をしなければと焦るようになった。皆の前で存在を否定された私自身を回復するため、そして父の侮辱を晴らすために。更には花井がいなくなった後の学校内での自分の居場所を確保するためにも、彼が去る前に決着をつける必要があった。できれば花井修が転校するその日にクラス中が見ている前で彼を力のかぎり叩《たた》きのめし、その誇りと神話を失墜させ、そうすることで私の再生を高らかに全校へ宣言するのだ。終業式を狙ったのは、彼に時間的余裕を与えないためであった。

当日、私は朝からずっと機会を窺《うかが》い、いよいよ復讐の時を迎えようとしていた。

ところが、今こそ実行しようと決意したその瞬間、彼はクラスメート全員の前で突如私への和解を申し出たのである。

「僕がいなくなった後、この斉藤君のことだけが気掛かりなんだ。皆が仲間として彼をきちんと迎え入れてやってくれるなら僕は思い残すことなく新しい学校へ転校できる。決して彼を孤立させないでほしいんだよ」

その提案は、ホームルームの時間を割いて行われた彼のお別れ会の席、挨拶《あいさつ》の冒頭で述べられたものである。意外な展開に私は一斉に向けられたクラスメートたちの視線に敵意のやり場を攪拌《かくはん》され、茫然《ぼうぜん》自失の状態になり、ただ彼の言葉を聞くしかなかった。しかもその巧言ほど、彼への別れを悲しんでいた女生徒の心を大きく揺り動かすものはなく、涙まで誘って、またしてもそこに偽物《にせもの》の正義をまき散らすことに成功したのだった。

もしもあの時、和解を無視して私が予定通り花井をその場で殴りつけていたなら、私は花井がいなくなった後、全校生徒を残らず敵に回すこととなり、卒業するまで彼の亡霊に支配され続けかねなかった。結局私の最後のチャンスは脆《もろ》くも奪われてしまい、地団太《じだんだ》を踏むしかなかった。焦慮と憤怒《ふんぬ》のせいで血が頭に上りつづけ夜中に風呂場《ふろば》で嘔吐した。

ところが私は翌日、自分でも信じられないことに、まるで自らの意思とは違う別の磁力によって、彼を見送るため函館桟橋《さんばし》へと出向いた。

花井はサラリーマンをしている彼の両親に温かく囲まれ、真新しいスーツに身を包んでは、まるで小さな英雄を気取り胸を張っていた。漁師の家で育った私とは見るからに風趣の違う家庭の香りが花井家の周辺からは漂っていた。その清々《すがすが》しい雰囲気を見るだけでも自分の今日がいかに惨《みじ》めなものかが思い知らされ、彼への反発がただの時代錯誤の嫉妬《しっと》による、身分不相応の反乱のような気がして、困惑が底無しに錯綜《さくそう》した。

花井は皆と握手し、清澄《せいちょう》な言葉に一点の曇りもない微笑《ほほえ》みを交えてそこに集まった全《すべ》ての者に投げかけていた。私は、その有終の美とでも言うべき最後の演出に近づけないばかりか、何しにここへ来たのだ、と後悔しながら一段と気後れし、人々から退いてしまう。花井は勿論《もちろん》そこでも作られた偽善を見せつけた。隅の方

で小さくなる私の方へ歩み寄って来て、しかもみんなに聞こえるように声を高め、

「君は君らしさを見つけて強くならなければ駄目だ」

と言った。周囲の者たちは花井の演技にまんまと騙《だま》され、同意を口々に漏らしたが、私は彼の手を力一杯握りしめると引き寄せ、心の中で溢《あふ》れ出しそうになっていた感情を一つの言葉に集約し、偽善者、と小声で浴びせたのだった。私の精一杯の声は花井にしか届かなかったが、意外にも彼をうろたえさせた。花井修は二の句が継げず、暫《しばら》く挙措を失い、私の顔を見つめたが、ふいに慌《あわ》てて私から視線を逸《そ》らすと、彼の両親の間に逃げるようにして隠れ、そのまま女生徒たちの熱い声援に見送られてタラップを連絡船へと渡ってしまった。

まもなく桟橋にいた旅客担当助役が合図を送り、船の客室係たちによって舷門《げんもん》が閉じられると、桟橋はゆっくり上昇し、纜《ともづな》が外された。汽笛が唐突に鳴り響き、スクリューの振動が桟橋にも伝わった。そして私と花井とは以後別々の世界に押し分けられてしまうのだった。

船が徐々に岸壁から離れはじめると、クラスメートたちは自分たちの時代の麒《き》

鱗児《りんじ》が出陣するのをひたすら手を振っては見送り、中には泣き崩れる者までいた。花井は両親に挟まれて、船のデッキから見送る人々を見下ろしていたが、顔つきからは先程の余裕が心なしか消え失《う》せていた。ぎこちない微笑みは、少なくとも私には空笑いとしか見えなかった。

モンシロチョウは私の周辺を静かに舞った後、花井の監房の鉄扉《てっぴ》に止まろうとした。しかし滑ってうまく止まれず再三にわたって努力をしたが、結局諦《あきら》めて再びそこを飛び去った。

視察口から中を覗《のぞ》いた。三畳ほどの広さしかない独居房の真ん中で花井は足を組んで座し、まっすぐ書物に向かっていた。丸めた頭がこちらへ突き出され寝ているようにも見えたが、時々無駄のない動きでさっと頁《ページ》を捲《めく》り私を驚かせた。その頁が捲られる瞬間の、乾いた鋭い音だけが室内に異様に反響し、彼の存在を瞬時に何倍にも押し上げ、そしてまた静かに萎《しぼ》ませた。

花井のすぐ脇《わき》に積み上げられた本は、刑務所からの官本がほとんどだった。政治や宗教などに係わる書物である。他の受刑者が漫画や週刊誌ばかり借りるのに対し、彼はその手のものは一切借りていこうとはしなかった。入所して二か月もすると、刑務所にある書物を大方読破してしまい、官本の種類を増やすようにと要求した。

僅かに三畳ほどしかない陋室《ろうしつ》なのに、不思議な広さが在った。彼を中心軸として、壁が四方に垂直に屹立《きつりつ》しており、それは何か花井修が放つ意思の反映であるかのように力強く天井を持ち上げていた。彼の背後には小さな格子窓があり、そこから注ぎ込む外光は彼の輪郭を切り取り浮き上がらせ、痩《や》せこけた体を監房の外にいる時よりも大きく見せていた。背後には使われた形跡がないほど見事に畳まれた寝具があり、その後ろには小箱ほどの流しとトイレが壁に括《くく》り付けられてあった。そこから伸びる鉄パイプの突端が海と繋がっていることを考えれば、花井の独居房は決して気密室ではなく、外の世界へと果てしなく伸張する出口とも言えた。

乾いていく眼球の表面に痛みを覚え、彼の、頁を捲る腕の残像が見事にゆらぎをそこに描いた時、私はふっと自分が自分から抜け出すような目眩《めまい》を覚えた。そして次の瞬間花井修がおもむろに顔を上げ、こちらを黙視する二つの眼とぶつかってしまうのだ。

私たちを隔てているのはこの鉄の扉ではなく、両者の間にいつのまにか現れた海峡であり、それは僅か数センチの幅しかないが、底は見下ろすことが不可能なほど水深深く世界を遮断していた。

「どうした。花井が何かやったか」

看守仲間が数メートル離れた場所に立ち、怪訝《けげん》な顔でこちらを眺めていた。彼は視察口を急いで覗き込むと、私を咎《とが》めるような、或《ある》いは真意を問うような困惑した声で、ずっと中を見てるからさ、と呟《つぶや》いた。

私は唇を尖《とが》らせかぶりを振ると、

「何も起こらなかった」

と一言返した。

6

苛立《いらだ》ちに理由の無いものなどはない。私のこの焦慮とて、言葉にしてみれば納得しやすい原因を幾つか挙げられるはずだった。例えば連絡船を辞めたことは間違いなくその一つである。だがそれはあくまでも糸口であって、根本の理由ではない。むしろ言葉にしやすい原因がこの街には実り過ぎているせいで、苛立ちの根元が見えにくくなった。

この漠然たる苛立ちは花井が少年刑務所にやってきてからますます酷《ひど》くなり、それは花井に動きがなければないほど沈澱《ちんでん》していった。船員バーで、ふとした発端で羊蹄丸時代の仲間と喧嘩《けんか》になった。連絡船終航の日が迫っており、彼らの理由のある苛立ちは私のより直截《ちょくせつ》だった。

機関士は私のことを、世渡りがうまい男だ、と仲間たちの前で侮辱した。優等生だった花井修の姿が脳裏を掠《かす》める。貧しい漁師の息子でしかも不器用そのものの私が、世渡りがうまいと罵《ののし》られることほど厭味《いやみ》なことはない。しかし連絡船の仲間たちは私に輪をかけて生き方が下手で実直過ぎるのだ。再就職にいち早く動いた私のことを、彼らがいつまでもそう思うのも無理はなかった。

気がついたら機関士よりも先に手が出ていた。男の体がテーブルの上のグラスを薙《な》ぎ倒しながら倒れ込むと、押さえ込んでいた苛立ちは決壊した。自分が自分でなくなる瞬間は頭の中の何もかもが消え去り心地よかった。躍動に騙されて肉体がスパークすれば、まもなく理性が事の重大さに戦《おのの》き、後は防戦のような喧嘩となった。相手の胸ぐらを捕まえて、意味のほとんどない台詞《せりふ》の応酬となった。自分自身に存在を問うような激しい焦慮だけが私をその時無意味に動かしていた。

バーの中二階でどたばたやったので、一階にたむろしていた客までが野次馬根性で覗きに来た。車座になっていた他の乗組員たちが私と機関士を引き離しに掛かるが、一旦《いったん》乾ききった魂に放たれた炎はすぐには鎮火出来ない。機関士の顎先《あごさき》に握り拳《こぶし》を埋め込ませた。鈍い痛みが拳を伝って脳髄まで到達した。自分自身の肉を切るような不快さだった。機関士も反撃に出て、鉄拳《てっけん》が今度は私の鼻先を破った。噴き出した血は止まらず、止めに入ったかつての仲間たちの白い開襟《かいきん》シャツを次々赤く染めていった。私は刑務官であることをすっかり忘れ、大声を張り上げたが、その時の敵意は誰に向けられていたものなのか。鈍い痛みばかりが意識の深層を傷つけ苦しくさせた。お互いの声と血ばかりが現実に滴《したた》りつづけた。

　結局仲間たちに力ずくで抑え込まれ、二人の行き場のないそれぞれの憤怒は強引に鎮圧された。喧嘩が終わると仲間の一人が、階下から覗き込んでいる他の客たちに向けて、みせもんじゃねぇんだ、と叫んだ。店主が客の間を割って熱いタオルを持ってきた。私はそれで鼻を押さえ、口を無様に開いて呼吸を繰り返した。苛立ちは喧嘩によって解消されるどころか、いっそう胃袋の中に溜《た》まり苦しくなってしまった。私が殴りつけた機関士は私から視線を逸らし、悔しそうに壁を睨《にら》みつけていた。

　男とは前にも一度、国鉄に入社したばかりの頃に大喧嘩をしたことがあった。

私がはじめて渡った青森が大雪に遭い、帰路の便が欠航となった。やむなく青森に泊まることになり、仕事が終わった後、客室係全員と機関部の若手とで飲みに出掛けた。洗礼のような喧嘩だった。一軒目の店を出た直後のこと、酒癖の悪いその男に絡《から》まれ、ホスト君、と詰《なじ》られた。私は小学生時代のあの苦い経験から、新しい社会では絶対に嘗《な》められてはならないと日頃から自分に言い聞かせていた。反射的に相手の顎先を打擲《ちょうちゃく》した。私たちの喧嘩は機関部と客室係の代理戦争でもあった。機関士は私の襟首を摑《つか》みあげ、女の前でしかちゃらちゃらできないくせに、悔しかったら船を動かしてみろ、と怒鳴った。引き下がるわけにはいかなかった。外国の客船では船長と客室事務長とは同等の権威があり、そのことを私たちは心の拠《よ》り所としていた。今度は私が殴りかかった。客が乗るから客船って言うんだ、よく覚えとけ。

あの時はまるで運動をしている爽快《そうかい》さがあった。仲間たちは誰も止めに入らず、私たちが疲れ切るのを喝采《かっさい》しながら見守った。肉体と肉体がぶつかり合う度に激しい脳震盪《のうしんとう》が快く頭を揺さぶった。雪で閉ざされた夜の青森市内が網膜に重なり、どんどんそれは霞《かす》んでいった。私と男は降り積もった雪上を揉《も》み合いながら一歩も譲らず何度も転がった。男たちの歓声を背後に受け止め、がっしりとスクラムを組むことが出来、最後に二人が握手してお互いの体を起こし合うと、私たちの友情は頂点に達し、力強く連結することができた。

同じ男との今度の喧嘩は、それぞれの寂しさが巻き起こした喧嘩でもあり、それだけに後味は悪く、既に自分の居場所が連絡船の朋輩《ほうばい》たちの中から消えてしまっていることを切なく思い知らされた。

男たちが去った後、血で汚れた開襟シャツを脱ぎ、下着姿で夜の大門《だいもん》を歩いた。柳小路《やなぎこうじ》を抜け、歓楽街の奥深くへと足を向けた。癒《いや》されない気持ちを落ちつかせるためだけに、普段は決して近づかない通りを選んでどんどん迷い込んでいった。キャバレーの呼び込みが近寄っては声を掛けて来る。彼らに呼び止められたくてそこを歩いていたことに、私は次第に気がついていった。

「おにいさん、どう、遊んでいかないかい」

声に対して強く首を振り、いらない、と応じた。そうすることで、体内に溜まっていた熱を放出しようと試みる。唾《つば》を吐けばまだ血が混じっていたが、体内に鬱積《うっせき》していた悪いものが外に流出し、浄化されていくような快感を持つことができた。

どれくらい大門を彷徨《さまよ》っただろう。ネオンを見上げ、吹きつけてくる温かい風に気持ちを開放し、苛立ちを鎮静させた。小路を幾つか曲がった時、背後から私の名を呼ぶ者がいた。振り返ると呼び込み屋の小柄な若い男は、やっぱりそうだ、と黄ばんだ歯を見せつけた。

「斉藤のおやじさんだと思ったんだ。こんなところで会うなんて、世の中狭いっすね」

受刑者は陰で刑務官のことをおやじと呼んでいる。その男の罪状は確か覚醒剤《かくせいざい》取締法違反であった。私は用心しながら男との距離を保った。

「なんだ、睨まないで下さいよ。俺はもうすっかり悪いことからは足を洗ってね、今じゃ堅気っすよ」

男は笑い、御縁だからビールでも飲んでいって下さい、と腕を強引に引っ張った。私は抵抗したが、本当に抗《あらが》っているとは思えない足つきだった。店の中から一人の女性が姿を現した。スリットの入った真っ赤なドレスは街灯に照らしだされて、見ていてこちらが恥ずかしくなるような衣裳《いしょう》である。しかし微笑みには場《ば》馴《な》れした職業的接客精神はなく、むしろ信頼のおける親しみがあり、何故《なぜ》か騙されないような予感を最初から持てた。元受刑者の若い男は、静《しず》ちゃん、昔世話になった大切なお客さんだから、と女の背中を少し強引に押して告げた。女は私の横に回り込むと、こんばんは、とはにかみながら微笑み、ぎこちなく腕に手を回した。その温《ぬく》もりと香りに、私の気持ちもいつしかほぐされ、自ら店に入る階段を降りてしまった。生まれた時から、刑務官という職業についた現在まで、この砂州の内側でずっと生きてきた。そこに澱《よど》む因襲やしがらみや掟《おきて》を破りたいという衝動に駆られていた。機関士に殴られたことも一つのきっかけかもしれない。消化試合のような人生に気が滅入《めい》っていた。少しぐらい羽目を外しても誰にも迷惑は掛からない。他の刑務官が誰一人危険を侵してないとは思えなかった。なのに自分は臆病《おくびょう》なのか、要領が悪いのか、風俗の匂《にお》いがする所には足を踏み入れたことがなかった。

店内は薄暗く思ったよりもずっと狭かった。静と呼ばれた若い女の他には、年配のホステスが二人いた。客は私の他には誰もいなかった。女とはきちんと距離を取り、注がれたウイスキーだけをおとなしく嘗めた。

照明に浮かび上がる歯並びのいい前歯は、健康的だった。その歯と周辺の薄い唇との輝きによって欲望が仄《ほの》かに起こったが、想像が頭骨の奥を焦《こ》がしたに過ぎない。

それでも私は女を時々見つめ、女も私を見つめ返した。絡み合うほどの視線の応酬はなかったが、視線を逸らすたびにお互いが遠慮しあい、ちらちらと感情の移り変わりを追い掛け合った。私たちは客の誰もいない店の奥、ボックス席で背中を丸めあい、ほとんど会話も中途から途切れ途切れではあったが、その時の私には、側《そば》に誰かがいることが何よりも心強く安心できた。

女は私の血が染《し》みた小鼻を黙っておしぼりで拭《ぬぐ》っただけで、下着姿に関しては一言も聞いては来なかった。私が代わりに、自分は元船乗りで、連絡船で働いていたのだ、と打ち明けると、女は目を輝かせて、私も半年前に青森から連絡船で函館に来たばかりなのよ、と微笑んだ。

「やり直そうと思って」

顎を引き、頭を傾《かし》げて、静は何かを思い出すように一度遠くへ視線を投げつけた。微笑んでいた口許《くちもと》の両端から次第に緩みが奪われ、微《かす》かな望みまで硬直していくのが伝ってきた。

私が彼女の左手首の裏に五センチほどの太い傷を発見したのは、そろそろ帰ろうとグラスのウイスキーを飲み干した直後で、夏も近いのに、ドレスの下にオーガンジーの長袖《ながそで》ブラウスを着ていた理由が理解できた。傷はくっついてはいたが、まだ僅《わず》かに生々しく、心の整理が充分癒されきったかさぶたの色には見えなかった。

私の視線に気がつき、静は微苦笑とも言える片笑みを浮かべた。

「自殺をしたがる人って、寂しがり屋なんだと思うな」

溝口君子のことを思い出した。彼女が最後に見せた微笑は間違いなく私へ向けられたものだった。あの時あの場所で私に偶然会っていなければ、君子は自殺を思い止まっていたかもしれない。逡巡《しゅんじゅん》していた気持ちを決定的にさせたものが、他でもないこの私との遭遇だったとしたら。

「そういう魂はきっと、現世のことが気になっていつまでも成仏《じょうぶつ》できないのよ」

静の眼球に赤い照明の光が反射して、黒目が燃えているように見えた。霊界と現世を往復している君子を思った。

「動脈まであと少し及ばなかった」

静は手首を持ち上げ光に晒《さら》した。太い傷が目の高さで行き場を失い恥じらっている。

「凄《すご》く泣きたいのにさ、溢《あふ》れてくるものがなくて、それで手首を切っちゃった。そうすればね、私を取り囲むすべてのことから抜け出せる気がしたの」

静の、傷を見つめる目は笑ってはいなかった。

「何が何でも死のうと思えば、あそこで加減なんかしなかったはず。血を見て満足してしまったのね。これであの人が私のことを生涯忘れなくなるって」

私は静の手首を掴み、引き寄せた。両方の手で優しく傷口を包み込んだ。そのまま言葉や笑みを横に退けて、沈黙した。少し手に力を込めると、どくどくと脈打ち、必死で循環しようとする血液の躍動が伝わってきた。


狭い階段を酔った足でのぼり切り外に出ると、元受刑者の若い男が駆け寄ってきた。どうでしたか、と彼が言うので、楽しかったさ、と答えておいた。

「ちょくちょく寄って下さいよ。健全な店ですから、安心して遊べます」

男は念を押すようにそう言った。去ろうとすると、背後から甲走った声が私を呼び止めた。なんか元気ないっすよ。明日も仕事すか？　潮風を肺の中一杯に満たしてから振り返ると、当たり前だ、と強く浴びせた。男は黄ばんだ前歯を見せつけるように笑い、

「俺らは暫《しばら》くお務めしたらあそこから出られるけどもさ、おやっさんたちは大変すよね、一生あそこから出られないんすからねぇ」

と大声で言った。

7

面会人が花井修を訪ねてきたのは、北海道の数少ない真夏日のことで、その日は朝から温度が急上昇した。気温が観測所の記録を更新するだろう、と七時のニュースが告げているのにうんざりしながら家を出た。午前中の早い段階で既に舎房内は意識がぼんやりしそうなほどの暑さとなり、受刑者たちの掛け声や所作にも覇気がなかった。護送バスが大量の受刑者を札幌の関係施設まで運ばなければならず、船舶訓練教室はバスを使えず航海実習を数日休んで所内での授業に切り換えていた。

面会呼び出しをかけたのは私である。一瞬花井は顔色を曇らせたが、少し間を空けて小さく、分かりました、と頭を下げた。誰が来たのかは面会室に行くまで分からない仕組みになっていたが、面会は親族に限られており、彼はすぐに母親だと察しがついたようだった。

花井が函館に来て、はじめての面会申込みだった。面会の多い受刑者は毎月のようにに訪問客がやってくる。花井の家族は離れているから仕方ないにせよ、この地に移って五か月も経《た》ってからの面会は、やはり他の受刑者に比べて極端に少ないと言えた。

花井修の母親とは過去数度会ったことがある。もっとも学校行事などで見かけた程度に過ぎず、すれ違いざまにお辞儀をしたことはあっても、声を掛けられたり、話したことはなかった。授業参観の時の花井の母親は他のどの生徒の母親よりもひときわ洗練されていた。幸せに溢れた上品な口許や柔かく大きな黒目は艶《つや》めき、こんな母親がいたらどんなに幸せだろうと私たちを羨《うらや》ましがらせた。私はその時教室の隅っこで畏《かしこ》まり、手を前で合わせたまま終始俯《うつむ》き加減な自分の母親とこの花井の母親とを比較して、人知れず顔を赤らめたものだった。父の死後、一家を支えるためにイカ漬け工場で働いていた自分の母親が参観日にその浅黒い顔に精一杯の化粧をしてきたのを、私はみすぼらしいと感じた。逆に花井は何度も自慢の母親の方を振り返っては笑顔で合図を送っていた。

花井の母親が接見に訪れた日、私は朝からそわそわして落ちつかず、期待と戸惑いが入り乱れた。昼食を急いでたいらげると、用もないのに庁舎の廊下をうろついては今かと待ち受けた。午後、一人の年配の婦人が強い日差しの中、正門を潜《くぐ》るのが見えた。女は光に顔を晒しながらも面会人特有のおどおどした足取りで私の立つ正面ホールへと向かって歩いて来るのだった。花井の母親だとすぐに気がついたが、その容姿は私が覚えているあの麗人ではなく、人違いではないのかと何度も目を凝らしたほどの別人であった。当時の面影はすっかりなくなっていて、まだ六十歳前だろうに白髪混じりの髪はほつれ、皮膚はくすみ、歳月のせいとは言え、老いさらばえた衰えが見えた。

彼女は、廊下の暗がりに立つ私に気がつくと、

「申し訳ありません。受刑者の花井修に面会に来たのですが、受付はどちらでしょうか」

と頭を下げた。目の前にいる男が息子の同級生と気づくはずもなかった。私はその顔に時の残酷な刻印を見つめながらも、面会受付の方を指さし、この突き当たりになりますよ、と自分の母親にさえ見せたことがない労《いたわ》りに満ちた穏やかな声で案内した。彼女の背中を支えようとしている自分に驚き、思わず手を引っ込めたほどである。

花井の母親が息子とどのような面会を遂げたかは、同席することができずすぐには分からなかった。母親が二十分の接見を終えて帰った後、授業に戻った花井の様子が普段と全く変わらなかったことに私はむしろ奇妙な印象を受けた。大抵家族と面会した後の受刑者というのは少なからず動揺し感情が不安定になるもので、花井のように長いこと家族に会っていなければ尚更《なおさら》それは顕著なはずだった。

夕食時間が終わり、余暇時間になるのを見計らって、私は面会係を訪ねた。面会時には係官が同席しなければならず、彼は両者が語る内容を接見簿に細かく記録する役目があった。受刑者の心理状態を管理する上で必要と判断すれば、私たち看守もその内容を容易に見聞きすることが出来る。

面会係は興味ある事実を語った。花井修は面会室で母親と向かい合うなり、おとなしい雰囲気を一変させ、こっちには来てくれるなとあれほど言ってたのに、といきなりまくし立てたのだと言う。声は高く上擦り、花井の拳《こぶし》は固く握りしめられ、珍しく興奮していた。私が生きているうちは何度でも来る、と母親が頑《かたく》なに告げれば、花井は、僕はもう死んだんだ、そう思ってくれと言っただろう、と更に声を荒らげる始末で、その余りに威圧的な態度に、面会係が注意を促したほどだと言うから、その時の花井の乱れようが窺《うかが》える。ただし面会係が一旦《いったん》注意をしてからは、普段の冷静な花井に戻ったようで、その時の心の乱れが一体何に起因するものかは分からない。

興奮が途絶えた後の花井は、蠟《ろう》人形のように母親と向かい、膝《ひざ》の上に手をおいて、黙って自分の手元を見つめていたらしい。父親がこの数か月患《わずら》って入院していることを母親が涙まじりに伝えても、花井は小さく一つ頷《うなず》いただけだった。

接見簿に記載された会話内容に私の興味を強くそそる部分が一か所あった。母親がここでの生活を問いただした条《くだ》りで、花井修が唯一《ゆいいつ》真面目《まじめ》に応じている場面である。

『……規律の中に自分を浸して生きることでの生活は、全く僕の理想とも言える。日本中探しても、こんなに完全に制御されている場所はないだろうね。毎日同じ時間に起きて、決まった時刻に食事をし、勉強をして、一分も狂わず消灯になる。施設は多少古いが、看守の皆さんは優しいし、それに紳士だ。……そっちにいた頃は、いろいろ欲しがったけれど、こっちではそんな気持ちは一切起こらない。ねぇ母さん、世の中の外側にいられることの自由って分かるかい？』

　その時花井修の目は穏やかさをすっかり取り戻しており、まるで自分自身に語りかけているような淡々とした口調だったらしい。その直後、彼は母親の前で、受刑者が毎日作業の前に復唱を義務づけられている五訓を小声で呟《つぶや》きはじめた。

『……はいという素直な心。すみませんという反省の心。おかげさまという謙虚な心。させて頂きますという奉仕の心。ありがとうという感謝の心……毎朝僕は念仏を唱えるようにみんなと一緒にこれを復唱してる。復唱するたびに穏やかになれる不思議な呪文《じゅもん》だ。もうすっかり暗記してしまったよ。静かな舎房で暮らしているとね、どこからともなくこの五訓が聞こえてくるんだ』
接見時間の二十分の間で花井がちゃんと自分のことを喋《しやべ》ったのはこの部分だけだったが、立会い看守が横で記録を採っていることもあり、彼特有のおべっかで看守の皆さんと遜《へりくだ》って見せたところは実に昔の花井らしい。刑務所の生活を褒める部分では立会い看守も、花井修が無理してここの生活を正当化しようとしていたニュアンスが感じられた、と報告している。文面を辿《たど》る限り、確かに花井は相当開き直っているように見受けられ、刑務所生活の不自由さを母親に褒めちぎることで憂《う》さを晴らしていたのかもしれない。五訓の復唱を喜ぶ受刑者など聞いたことがなく、立会い看守は別れ際《ぎわ》、ふざけた奴《やつ》だよ、と花井の印象を洩《も》らした。
結局花井の日常に大きな変化は見られなかった。まるで母親の存在を、面会室を出た途端にすっぱりと切り捨ててしまったかのように。

8

八月の半ば、一泊二日で少年北海丸ははじめて青森港まで航海実習に出掛けることになった。私にとっても実に二年ぶりの津軽海峡である。不安と興奮が入り乱れる胸裡《きょうり》を受刑者たちに悟られないようにして、私は普段よりもひときわ厳しい表情で臨んだ。

内海で行われる航海訓練とは違い、航海実習は外海、つまり海峡へ出る。海峡の潮は部分的にかなり強く、ところによってはまるで海の中に流れの速い川が横たわっているようだ。波頭が白く幾重にもそそり立ち、小型船がそこを通過するのは容易ではない。連絡船のような大きな船ならまだしも、僅か九十トンしかない少年北海丸は渓流に落ちた木の葉ほどにも儚《はかな》い。

「いいがぁ、一人が手を抜けば、残り全員が命をなくすことに繋《つな》がるぞ。わがってんのか」

甲板長《ボースン》は船が湾を出ると、檄《げき》を飛ばした。航海実習では受刑者としてではなく、船員としての人間性を作り上げることを船長以下法務技官たちはつねに念頭においている。受刑者たちの彼らに対する信頼は驚くほどに高い。更生への思いが、その気持ちに拍車をかける。船が時化《しけ》の中を航行すればするほど、船長たちに命を預けているのだという意識も強く芽ばえ、いっそう彼らを従順にさせる。傷害や恐喝などを犯してきた者たちが、不思議なほどそこでは実直な常識人に見える。

少年北海丸は朝九時に出発し、片道七時間をかけて、夕方の四時頃青森に到着する。青函連絡船の片道三時間五十分という航海時間に比べるといかに大変かが分かる。それだけに看守も必死だった。受刑者全員が安全に訓練できるよう、おかしな気持ちを途中で起こさぬよう、ひたすら監視する。

船はわざと潮の荒い箇所を選んでいるのではないかと疑りたくなるほど、通過する海域の波はどこもかしこも私がかつて経験した覚えがないほどに高かった。

内海とは比べものにならない激しい揺れは、連絡船の時とは全く違う。連絡船も外海に出た途端底揺れが始まるが、この場合はそんな生易《なまやさ》しい揺れではない。時には、ジェットコースターにでも乗りつづけているように天地が引っ繰り返るほどの激浪の中を行く。

受刑者たちはいつもの灰色の作業服ではなく、この航海実習の時だけ白いセーラー服を着て、すっかり新米の船員を気取っている。花井修も、細身の体をセーラー服に包んで作業に精を出していた。幾分慣れたせいか、船舶科に入った頃より精悍《せいかん》さを増した。重たいロープを一人抱えては、私が見張っているその脇《わき》を、素足で、船首から船尾まで何往復もダッシュした。

船長の掛け声もここでは喧嘩《けんか》腰《ごし》で、受刑者たちは顔を引き攣《つ》らせながら、声に振り回されていた。ブリッジに立ってじっと船上の受刑者たちを目で追いかけていると、航跡のような白いセーラー服の残像が甲板上で刻々と交わっていった。私は、規律と統制で運行されていく小宇宙が、この津軽海峡のど真ん中に人知れず存在しているのを知って一人酔いしれた。

「何かがこちらに向かってきます」

左舷《げん》デッキでワッチをしていた受刑者が興奮気味に声を挙げた。見ると大津波かと思うほど、水平線一帯の波頭が異様に盛り上がり、それはぬくぬくとうねりながら船に向かって迫ってきた。イルカだった。それも一頭や二頭ではない、何十頭と連なる大群である。

海が連絡船の時とは違い低く、すぐ眼下にあるせいか、イルカの群れにも迫力があった。甲板長がブリッジの上からマイクで、イルカが歓迎しに来たぞ、と全員に伝える。イルカの群れは船へ向かって突進し、私たちが身を乗り出して覗《のぞ》き込む中、船底をくぐり抜けると、少年北海丸の周囲を猛スピードで周回し、最後は船と伴走した。

イルカは少年北海丸を歓迎してそのような行動をとっているわけではなかった。スクリュー音に引き寄せられているに過ぎない。それでも受刑者たちにとってイルカが荒々しい海を力強く泳ぎ、時に海面で見事なジャンプを決める姿は訓練と更生に明け暮れる彼らの心の気晴らしと励みにはなった。

受刑者たちの笑顔に光が跳ねる。真夏の太陽が甲板の上を漂白してゆく。イルカの背中にも強く光が打ちつけ、艶《なま》めかしい皮膚は輝き、海に浮かぶ大きな黒真珠のようだ。何頭ものイルカが、少年北海丸を護衛して暫《しばら》く船を先導して泳いでいく。その勇士たちに鞭撻《べんたつ》されながら、受刑者の顔から笑みがいつまでも消えなかった。

青森港には夕方無事到着したが、船から受刑者が降りることはない。ただの一歩も、彼らが船から踏みだすことは認められていないのだ。埠頭《ふとう》に着岸した船の中で翌朝を待たなければならなかった。

狭い食堂のテーブルで肩寄せあって食事を済ませ、翌日の航海の打合せを軽く行った後、受刑者たちはさらにもう一段地下の船底で雑魚寝《ざこね》をすることになっていた。法務技官たちはブリッジの裏手にある彼ら専用の部屋で、担当官は中階の食堂脇で寝るが、副担当官の私だけが彼らと一緒に船底の寝床で共に雑魚寝をしなければならなかった。僅《わず》か十畳ほどの狭い部屋に受刑者十名と私が横たわる。

もっとも私が寝る場所は階段横のベニヤ板で間仕切りされている僅かに一畳ほどの小部屋だが、鍵《かぎ》はついているものの、不安は拭《ぬぐ》えない。

受刑者との雑魚寝を船長から聞かされた時、私は漠然とした不快感にほんの少し戸惑ったに過ぎなかった。ところが実際その時がやってきて明かりが消え、海面よりも低く窓もない船底の部屋が闇《やみ》にどっぷり浸されると、彼らの寝息や鼾《いびき》や体臭のそのまた向こう側から強く迫って来る畏怖《いふ》ばかりが立ち上がり、じわじわと私を襲ってきた。まるで私の方が軟禁されているような妄想《もうそう》に駆り立てられる。雑居房で寝食を共にしている受刑者たちが結託してこっそり海の上で暴動を起こそうと計画したとすれば、船が乗っ取られ、我々が命を落とすことだって充分考えられた。頭のいい首謀者がいれば、例えば花井ほどの人間ならば、彼らに知恵をつけるのも容易なはずだった。

ここでは不安よりも恐怖の方が先に立ち、口腔《こうこう》が乾いて看守の威厳どころではなかった。すぐ上の中階に担当官が寝てはいるが、私だけではなく、担当官も丸腰なのだ。勿論《もちろん》船長たちも武器は携帯しておらず、船にも備わっていない。手錠は携えているが、そんなもので身が守れるわけがない。十人もの受刑者と丸腰で向き合って寝ているというこの緊迫した状態で、穏やかな睡眠が出来ようはずもなく、神経が立ったまま浅いまどろみの中を朝まで泳ぐしかなかった。

深夜私は人の気配で目覚めた。小窓越しに光る二つの白目がこちらを覗き込んでいる。花井修だった。私たちの間には薄いベニヤ板が在ったが、それに一体どんな効力があると言うのか。私は花井の背後に敵意に満ちた受刑者たちがずらりと並んでいるのではないかという想像に眠気を払われ、思わず声を上げそうになった。凝固したまま花井を見上げていると、まもなく低い声で花井は、用便願います、と告げた。

取り乱した自分を立て直すまでに僅かだが時間が必要だった。気づかれないように一度唾液《だえき》を喉奥《のどおく》に流し込み、それから私は下腹に力を溜《た》めて、よし、と許可した。花井の影が階上へ消えると、張り詰めた神経の糸が切れた。

花井が便所から戻ってくるまで、再び眠ることはできなくなった。薄暗い闇の船内を深夜に一人移動している花井を想像しながらも、彼が再びこの海底の寝床へ無事に戻って来るのを待つしかなかった。背中に船底をしっかと受け止めながら、私は同時に青森港の岸に打ち寄せる波の揺れを三半規管で感じ取っていた。打ち寄せては返す波の優しさの中、私は汗ばむ肉体の昂《たかぶ》りが納まるのを待った。男たちの匂《にお》いが船室に充満し、息苦しい。ラグビーで男の汗には慣れているはずなのに、この船底の停滞した受刑者らの汗は、丁度動物園を歩いた時に漂う檻《おり》の中に囚《とら》われた動物たちの、発散したいのにできない余剰の匂いに似ていた。

私は立ち上がりガラス窓越しに、寝ている受刑者たちを見る。犇《ひし》めき合って寝ている彼らの様子からは、まるで飛行機事故の後の臨時死体安置所を覗いているようなうそ寒さを感じた。

敷きつめたせんべい布団《ぶとん》に乗った死体。船の最下層に横たわる死体。闇の中にほの白く浮かび上がる死体。私は、確かに臨時死体安置所の監視人だった。彼らを死体と思えば、畏怖を消し去り安心を取り戻すこともできた。死体は反抗することもない。脱走を試みることもない。腐敗するだけだ。静かに少しずつ形を失い、細胞が溶けて崩れ、いずれ海へと回帰していく。

私はもう一つの窓ガラスから別の死体を見つめた。一体どんな記憶が残っているのだろう。記憶も腐乱するのか。死体の中に残留した記憶の断片こそ、彼らがこの世に存在した証《あかし》である。船底に寄り添い雑魚寝する受刑者たちの胸の辺りで、僅かにほの白く光る球体が浮かんでおり、その中心に、かつて死者たちが見たに違いない青空や緑葉の残骸《ざんがい》が見えた気がした。

いつまで経《た》っても花井修が降りてくる気配はなかった。ふと、脱走したのではないか、と気になった。花井が刑務所のグラウンドに立って塀《へい》の一点を睨《ね》めつけていた時のあの真剣な表情が頭の中に立ちのぼる。花井は階上へ上がると迷わず熟睡している担当官を絞め殺し、それから船長たちが寝ている船尾を回避して船首から岸へと渡り、そのまま闇に紛れて外の世界へと遁走《とんそう》したのではないだろうか。

扉の鍵を外し、耳を澄ませた。額から滴《したた》り落ちる汗が胸元を滑った。それを手で拭うと、階段の方へと足を踏み出す。私はランニングシャツ一枚のままもう一度耳を澄ませてみた。男たちの鼾の音だけが鳴ったりやんだりしていた。階上に花井の気配はなかった。既に十分以上は経っている。軋《きし》む階段を登り食堂へと足を踏み入れる。階段脇の仕切られた小部屋の中で担当官が寝ていた。小部屋の扉は不用心にも開け放たれ、彼は私が前に立ちはだかっても起きなかった。ぐったりとした肉体が絞め殺された後の、それこそ本物の死体のようで、船室の小窓から差し込む港の淡い光が伸びた足の脛《すね》毛だけを薄茶色に浮き立たせ、逆にその顔を闇の中へと押し込めていた。

食堂の脇にあるトイレの方を見た。窓に明かりが漏れてはいたが、気配はなかった。私は忍び足で扉の前まで行くと、用心しながらノックをした。乾いた音が響きわたったが、返事はなかった。薄い扉を挟んで私にはその向こう側が別の世界へと通じているような気がした。扉を開ければダクトのような逃げ道が、岸壁の真裏に広がる青森市内へと繋がっているのだ。

だが妄想は数秒後に花井の、はい、という低くざらついた声で打ち砕かれてしまう。

「……遅いが、どうした」

私の声に、死んでいたはずの担当官がむくむくと闇の奥から蘇《よみがえ》り、彼もランニング姿のまま食堂の薄暗がりにしゃがんであぐらを組むと、腹でもこわしたんじゃないのか、と眠そうな声で欠伸《あくび》をしながら告げた。水が流れる音がして、今度は何食わぬ表情で花井がトイレから出て来た。

花井の瞳《ひとみ》の芯《しん》に、船窓から注ぐ月明かりが反射する。私は自分が制帽も制服も着ておらず、裸同然であるのに気がついた。よれよれのランニングシャツ一枚で彼と向かい合う私は、その時既に権威の壁ではなく、気弱な小学生そのものだった。制服を脱いでいる時、私は精神的に、花井や他の受刑者たちよりもずっと脆《ぜい》弱《じゃく》な一人の人間でしかなかった。

時々私は新入調《しんいりしらべ》の最中や、訓練の一瞬に、受刑者たちが自分よりもより広い世界で生きてきたような気がして怯《ひる》むことがあった。やくざの組長を殺し損ねた者や、大麻を外国から大量に密輸した者、金融強盗事件を引き起こした者、刑務所に入ってくる男たちの理由は様々だったが、日常を逸脱して、社会のルールを踏み外した彼らの無謀と謀叛《むほん》に、道徳に沿って生きてきた自分には到底真似《まね》の出来ない無軌道な野性が宿っているような気がした。傷害や恐喝をした者を褒めたたえるわけでは決してないが、自分が踏み入れない世界を歩いてきた彼らの狂気じみた人生の道程を、身分帳や本人の口から聞くたびに、常識の中でしか世界を把握できないできた自分が、彼らの何分の一も或《ある》いは何十分の一もちっぽけな、世間に媚《こ》びた存在に思えてしまうのは何故《なぜ》なのか。この愚かな、到底間違えているとしか言いようのない妄念が、自分の人間としての弱さから来ていることを思い知れば知るほど、私はいっそう小さくなり、制服や制帽や手錠の権威の影に潜んで自分を正当化させるしかなかった。

「そんなとこで寝てたんじゃないだろうな？」

空威張りと分かるほど、語気を強めた。花井は腹部を擦《さす》りながら、ちょっとあたったみたいなんです、と声を低めて応じる。担当官が薬箱から下痢止めを取り出し、欲張って食うからだ、と放り投げた。薬を飲みおえると花井は、ありがとうございました、と頭を下げて階段を二、三段降りかけたが、何かを思い出したようにふと立ち止まると、おもむろに振り返った。

「昔、自分は函館に住んでいたことがあります」

身の上を吐露するような力の抜けた口調だったが、私には強い衝撃を与えた。花井の視線が私ではなく、担当官へ向けられているのも意識的なものを感じずにはいられなかった。

「当時とあまり変わっていないので安心しました。日本中がどんどん変化していくのに、函館はいつまでも昔のままなんですから、ホッとします。ずっとこのまま変わらなければいいんですがね」

花井が次に何を言いだすか、気が気ではない。昔どこかで会ったことがありませんか、と訊《たず》ねられそうな気がした。しかし彼は私を放置した。担当官が、いいから早く寝ろ、と促すと、花井修は深々とお辞儀をし、腹痛を抱えた男とは思えない足取りで離れた。闇の中へ紛れていく背筋の伸びた花井の背中が、妙に饒舌《じょうぜつ》だった。


翌日、函館への帰路、昼食の時間に受刑者たちがいざこざを起こした。騒ぎが起こったのは、ブリッジの丁度真下にある食堂でのこと。私と担当官がほんの少し彼らから目を離しデッキで立ち話をしている隙《すき》に、階下から怒声が届いた。慌《あわ》てて階段を駆け降りてみると、二人の大男が取っ組み合いをしている。

「きさまら何をしてる？」

私の怒鳴り声で、見守っていた受刑者たちがさっと部屋の隅へと散った。襟首を摑《つか》み合っていた二人も力のやり場に困り中央で立ち尽くしている。一人の上着が胸元で破れ赤くなった肌が露出し、一人は口の横が切れ血を滴らせていた。まもなく船長たちも駆け降りてきた。

「隠し立てをするなよ。何があったか、正直に言え」

担当官が全員に向かって、声を尖《とが》らせる。ふいに静かな視線の応酬が受刑者たちの間ではじまった。誰かが誰かに責任を押しつけようと無言の圧力が飛び交い、再び火花が散りそうになった。私は、彼らの中に割り込み、一人一人を威圧した後、摑み合っている二人の腕を強引に解くと両者の前に立ちはだかった。二人は自分たちが仕出かした規則違反行為に突然悪夢から覚めた者の脅《おび》えを露《あら》わにした。

「何があったのか言ってみろ」

二人を交互に睨《にら》みながら告げたが、その時彼らの背後に、どちらにも与《くみ》しない中立者を装った、飄々《ひょうひょう》とした面差しの花井修を、私は見つけた。

「こいつがなんくせをつけてきたんです」

摑み合っていた受刑者の一方がもう一方を顎《あご》で指した。すると指された方の男が、こいつが俺の場所を取ったから、と吃《ども》った。雄の虎《とら》同士を同じ檻の中にいれたら、いくら規律があってもこうなるのは当たり前のことで、喧嘩《けんか》の一つや二つは最初から想定していて、私としても理由を聞かなければ取り敢《あ》えず場が納まらないと思って聞いたに過ぎなかった。大抵こういう場所での喧嘩というものは、その理由が下らなければ下らないほど、熱く燃え上がる。

他の者たちの証言を纏《まと》めると、いざこざの根本はどうも彼らの寝場所の位置関係にあった。割り振りは私と担当官とで前もって決めたが、たかがそれぐらいのことでも受刑者たちにとってはそれぞれのプライドが関わってくる重要な問題だった。階段の側に寝るか、壁際《かべぎわ》に寝るか、エンジン側に寝るか。僅か十畳の空間にさえも小さな上下関係が生まれてしまっていたのである。

「そんな下らねぇことで、更生の道が閉ざされてもいいんだな」

甲板長《ボースン》が愛情を込めて一同を恫喝《どうかつ》した。彼の言葉は受刑者たちの怯《おび》える胸に染《し》みたようだった。

「だって、こいつが陰で俺のことを馬鹿《ばか》にしているって聞いたからさ」

「言ってねぇよ」

「言ったたって聞いたぜ。俺にはトイレの下が合ってるって皆に言ってたそうじゃないか。ごまかすんじゃねぇ」

私の視界に自然と、花井の妙に浮いた明るい顔が止まった。いがみ合う二人の若い受刑者たちの後ろで、彼がその展開を興味津々《しんしん》と眺めている。

誰がお前を唆《そそのか》した。お前に告げ口して、喧嘩を仕掛けた奴《やつ》がどこかにいるんじゃないのか。私は、馬鹿にされた方の受刑者に向かって問いただした。花井の顔から余裕が消える。視線が不自然に部屋の隅へと這《は》いだし、表情が急に暗く沈み込んでいった。

「……いや、誰ってことはないけど、なんとなくです」

男は明らかに花井を避けている。今度は喧嘩を仕掛けた方の男に詰め寄った。

「お前も誰かに知恵をつけられたんじゃないのかな」

しかし私はそこで花井を急《せ》いて孤立させたりはしなかった。花井の名前を炙《あぶ》りだすために強権を発動すれば、すぐに男たちは白状するに違いなかった。そんなことをして、花井の開きかけた悪の芽が摘まれるのは得策ではなかった。

「今後問題が続くような場合があれば、一人の責任ではなく、全員船舶科を辞めてもらうことになる。いいか。分かったらすぐに食事を済ませて、作業に入れ」

受刑者たちは食事に戻り、花井もその中に混じって飯を頬張っていたが、その横顔に隠された企《たくら》みの蕾《つぼみ》を見いだすことが出来たことに、私は人知れず満足していた。

そして争いあった二人を一旦《いったん》船底の部屋に移し、それぞれの腹の中に溜まった憤怒《ふんぬ》を吐き出させ、担当官と二人で彼らの関係の修復に当たった。

このトラブルのせいで、船は大幅に洋上で時間を費やしてしまい、函館港に辿《たど》り着いた時にはすっかり陽が沈んでいた。私は久しぶりに青森から戻る船上から夜の函館を見た。函館山の漆黒の闇は夜空の明るみよりも更に濃密であった。それと対照的に山の左側に、極端に明るい市内の灯火が瞬《またた》いていた。闇と灯は見事に対《つい》をなして私たちを出迎えた。連絡船の遊歩甲板から見る景色も同じ顔であった。

9

店を出て、一つ目の角を曲がった最初の柳の下で私は静《しず》を待っていた。

煙草《たばこ》に火を付けようとしても風がライターの炎をすぐに吹き消した。救急車のサイレンが遠くで他人事《ひとごと》のように鳴り響く。人通りの少ない小路《こうじ》を過《よぎ》っていく哀れな、そう見えただけで実際に哀れかどうかは人間なんかに分かるはずもない、一匹の痩《や》せこけた黒猫を目で追いながら、この街から抜け出したいと私ははっきり考えていた。一刻も早くここの全《すべ》ての繋《つな》がりから自分を出奔させる必要があると焦燥に駆られていた。

僅《わず》かに半年ほど札幌で過ごした経験はあるものの、後はずっとこの砂州の街から出たことがなかった。海に挟まれたこの街を狭いと思ったことはないが、いい加減に息苦しいと思うようになっていた。どこに隠れても、古傷を舐《な》めあったかつての知り合いと繋がってしまい、新しい発見はなかった。ナイトパブの客引きをしているあの元受刑者が言ったように、私は一生少年刑務所の囲いの中で生きなければならないのか。

九州や四国には、自分のことを知った人間はまずいない。そんな未知の場所で妻や子や母から自分を切り離して生きてみる。そうすればこの肉体の内側で種火のようにいつまでも消えずに燻《くすぶ》りつづけている焦慮の炎を吹き消すことができるのではあるまいか、とまるで反抗盛りの高校生のように自問自答しては、同時にその愚かさに呆《あき》れ果ててまた小路を見つめた。しかし到底自分に出奔などできるはずもない。出来ていればとっくにこの街から消え失《う》せていた。

行方をくらますことができないならせめて自分という殻を人に知られず脱ぎ捨てて、もう一つ別の次元にこっそり置いてみることはできまいか。二重生活というほど甘美なものではないが、今まで生きてきた人生とは僅かにずれた、しかし違った選択に身を委《ゆだ》ねた人生を同時に生きるのである。どこかに逃げるのではなく、この砂州の限られた街の中にパラレルに存在するもう一つ別の世界を築きあげるのだ。そこでは青函連絡船は廃航にはなっておらず、私は客室係をつづけている。どんどん私の日常を裏切り破壊し細胞分裂を繰り返すこの現実の世界と、時が止まったままの変容しない世界。両者を意識の中で巧みに棲《す》み分け、その二つの次元を行き来する。そんなことが実際に出来るなら私は解放されるのではないか。

静の姿が視界の暗がりに灯《とも》る。それはだんだん現実味を帯びて私の方へ向かって膨らんだ。私は用心し、彼女を尾行している者、例えばあの客引きの元受刑者が後をつけていないかどうか暫《しばら》く闇《やみ》の中で眼を凝らして待った。静が私を通り過ぎたところで背後から手を伸ばし引き寄せた。驚く彼女の口を軽く手先で押さえて、私たちは暗がりへと曲がる。

一本裏通りにある場末の旅館に着くと、宿泊の手続きを一切静に任せ、私は身を潜めた。薄暗い部屋の中へ忍び込むと、静が灯を付ける前に抱きつき、僅かに抵抗する彼女の唇を吸った。静の香りが私をどこかここではない場所へ連れだそうとする。静の肉体を玩《もてあそ》ぶ行為は、この砂州の中で私が起こせる唯一《ゆいいつ》ささやかな謀叛だった。この一度の過《あやま》ちによって私は自分の身を危険にさらすことになるかもしれないと承知して抱いたのだ。

既に私は何度も静の勤める店に足を運び、彼女との親密度を増していた。相変わらずお互い無口に寄り添うだけだったが、罪を犯しているような快感が、私を冒険へと駆り立てた。静は私の刑務官としての立場を察し、ある時、あまりここに来ない方がいい、と真顔で言った。その一言で彼女をより信用することができた。

今夜外で会いましょう、と口にしたのは静の方が先だった。落ち合う場所と時間を決めると、私が先に店を出た。もしこれが罠《わな》だったら、という危惧《きぐ》も仄《ほの》かにあったが、無性に誰かを信じてみたかった。例の客引きが、もうお帰りですか、と微笑《ほほえ》む。男の顔をじっと見つめ、笑顔の裏側に隠されたものがないか見届けてから、そこを離れた。

何もかもが終わり、布団《ふとん》の中で横たわっている私の耳元で、

「後悔してないよね」

　と静が甘えるように囁《ささや》いた。

　私は彼女の手首を取ると裏返し、底の方を流れていく血を意識しながらも、横たわる瀬戸を舌先で嘗《な》めた。傷口はふんわり盛り上がり、生暖かい。舌先を端から端へと往復させながら、その柔らかい皮膚の下のものを、吸い取ってみたいという衝動に駆られた。

「やり直すためにここへ逃げて来たというのに、この傷のせいで私は時々あの街へ連れ戻されてしまう。この傷がある限り、私はもう誰からも愛されない」

　そんなことはない。口から出任せで言ったわけではなかった。私たちは見つめあったが、静は私の胸を軽く両手で押して、いいの、と呟《つぶや》いた。

「楽しい時も、傷が下から冷たく見上げて、私を強引に現実へと連れ戻すの。全てを断ち切るためにこうしたはずなのに、これのせいで前よりももっと封じ込められてしまった気がする」

　静はふっとため息を零《こぼ》し、馬鹿だよ、と笑った。

「あなたはいざとなったら妻子という切り札を使えばいい。私も、奥さんやお子さんを持ち出された方が気が楽だわ」
　感情を吐きだすように告げた静を抱きしめながら、私は逆に自分の呼吸が落ちついていくのを覚えた。言葉はもう出てこなかったが、私の両腕は真剣に彼女を抱きしめていた。そうでしょう？　と静は小さく声を震わせて私の真意を覗《のぞ》き込もうとしたが、私は心地よさに気を取られて、応《こた》えることが出来なかった。

　静から刑務所に電話が入ったのはその翌々日のことである。船舶科の訓練から戻り、刑務所へ受刑者たちを護送した後、事務室に顔を出すと電話があったことを知らされた。その途端私はこめかみに異物感を覚えた。何故《なぜ》ここに電話を掛けてきたのか、という疑懼《ぎく》が不吉な予感とともに脳裏に立ち込めた。静の背後に暴力団関係者か何かが隠れ潜んでいる気がした。彼らはやはり静を巧みに操って私を罠に嵌《は》めたのだ。これから、静は幾度も職場に電話を掛けてきては私を困らせ、次に外で会う時、あの客引きの元受刑者か、或《ある》いは地回りの兄貴分かが登場して、私にハト行為を要求してくるのかもしれなかった。

裏切られた、とびくびくしたが、一時間も刑務所の構内を歩いているうちにそれは不思議に失笑へと変わった。やっぱりそんなことだったか、と首を小さくふりながらも、この街に必死にしがみつこうとしている静の、もう一つの世界で生きる逞《たくま》しい顔を思い描いては、彼女を憎みきれずにいる自分にまた苦笑した。

それから暫くの間、静を窓口にした強請《ゆすり》の連絡がいつ来るかと、心配して過ごすことになった。

10

花井の周辺が俄《にわか》に活発化した。花井自身もその被《かぶ》っていた仮面の綻《ほころ》びから素顔をちらつかせ、自分が傷つかない方法で受刑者たちを将棋の駒《こま》のように陰から動かそうとし始めた。言葉で惑わし人心を支配する方法は、あの小学生の頃の花井のやり方そのものを踏襲していた。

花井はまず、船舶科の受刑者の中から、交通事犯で服役している気弱で小柄な若者を生贄《いけにえ》として選びだし、教室の中で孤立させた。例によって花井自身が直接手を下さない方法が取られた。操られた受刑者たちが若者を教室の隅へと追い詰めた。休憩時間には私たち看守の目を盗んで彼らは若者に暴力を振るい、食事の時は一人だけ端っこへと追いやり、運動時間のフットベースボールからもこの青年を締め出した。一人の犠牲者の誕生は同時に残りの者たちにエリート意識を生み出し、底辺は面白いほどに統率されたヒエラルキーを形成していく。花井は苛《いじ》めを自在に操作し、船舶科を陰で支配すると、そこにいとも易々《やすやす》と君臨する土台を築くことに成功した。

花井はそこでも慈悲に溢《あふ》れた善人ぶりを発揮するのを忘れてはいなかった。苛めを陰から操りながらも苛められている者にさえ時々救いの手を差し延べる。ただしそんな時は必ず私や法務技官の誰かが見ている時に限られた。

君はもっと自分を強くしなければ駄目だ。大勢の前でかつて私に説教をした時と同じような台詞《せりふ》を口にすることもあった。

「花井、私語は許されておらんぞ」

警告すると花井は起立して両手をまっすぐ腰の脇《わき》に添え、交談願います、と告げた。私が許可するや、彼は子供の頃の教師まで自分の味方に丸め込んだ時のあの老獪《ろうかい》な相貌《そうぼう》で、私にその偽善の誠意を見せつけてきた。

「私はこの訓練生に友情を持って、集団生活に早く馴染《なじ》むよう意見をいいました。

彼がのろまなのは彼のせいだけではなく、周囲の者の不人情によるのです」

私は彼のまるで詩でも朗々と読み上げるような口ぶりから、自分が過去に苦しんだ日々の記憶を思い出してはそっと奥歯を噛《か》みしめた。

「お前はどう思う？」

犠牲者となった若者に問いただした。青年は気力の欠けた表情を浮かべ、他の受刑者たちの視線を気にした。とりわけ花井の存在を恐れ、意識しているのが伝わってきた。そこにいたのは間違いなくかつての私自身だった。教室の片隅で悪餓鬼たちに苛められていた小学生の私。教師が私を見捨てたのもこんな状況下でのことだった。担任は、

「斉藤が好かれようとしないからいけないんでねぇかな、花井の言う通りお前の努力次第でまた仲間に入れて貰《もら》えるはずなのにさ」

と太平楽を並べた。

私は青年の瞳《ひとみ》を覗き込んだ。彼の中に眠る気力を呼び覚ましたかった。お前が戦う気があれば手を貸すぞ、と心の中で念じつづけて。私には味方が一人もいな

かった。あの時、誰か一人でも援護に回ってくれたなら、私は自信を持って花井と戦うことができたかもしれないのに。

花井修はある時、私に実刑を言い渡したことがあった。その日は担任が突然体調を崩し急遽《きゅうきょ》帰宅したため、ホームルームの時間が自習となった。花井修が、自習なんて詰まらないからどうだろう、模擬裁判をしようじゃないか、と提案したのである。

私への苛めが連日続いていた時期だっただけに私が被告として教壇に立たされることは免れなかった。勿論《もちろん》、模擬裁判というのは名ばかりの、集団による苛めだった。クラスメートたちは面白半分に私の罪を捏造《ねつぞう》しはじめた。態度が生意気だとか、髪が長いとか、生活を乱している、給食をよく残す、掃除が雑過ぎる、身だしなみが悪い、毎日着ている服が同じで汚いとか、目が反抗的過ぎるなど、中には顔が嫌いという意見まであり、容赦なく批判されたが、私を弁護する者は一人もいなかった。もしあの時私を庇《かば》ってくれる者がたった一人でもいたなら、私はその勇気に支えられて戦うことができたはずだ。

花井は万遍なく全てのクラスメートに私の罪を言語化させ、裏切り者が出ないようにここでもきっちり画策した。その上で、私を集団生活を乱した者として無期懲役にしたいのだが、と述べ挙手を採った。中には恐る恐るの者もいたが結局全員が手を上げ、その瞬間私の罪は確定したのである。

「多数決だから仕方ないな。全員が君を有罪だと言ってるんだから弁護のしようもない。僕は君が罪人となった今も、君の中で頑張ろうとする心が目覚めることを期待するよ。僕たちは君をここから追放したりはしないさ。だからこれからは皆の言うことをよく聞いて、言われた通りにするんだ。逆らっちゃ駄目だ。身だしなみにも気をつけて、言葉遣いも丁寧にするよう心掛けること。率先してクラスのために生きれば、減刑があるかもしれないからね」

花井はまるで教師のように生徒たちの心に語りかけた。それは私へ向けられた忠告や助言ではなく、私を利用した彼の自己満足の芝居だった。またそれを見た多くの者たちがこの恐怖政治に心を動かされていたことも事実で、裁判が終わった後はクラス中が浄化され、中には近寄ってきて、花井の言うとおりさ、君はもっと努力するべきだよ、と肩を叩《たた》く者までいた。

私は犠牲者となった小柄な青年の前に進み出ると、どうなんだ、と圧力をかけた。彼の瞳の中で微細に揺れる弱々しい黒目が歯痒《はがゆ》かった。そのじれったさが私に伝染し、私は今にも世界中の人々になりかわって、この小男を殴りつけたいという衝動にかられたのである。

「……いえ、自分がいけないもんですから」

若者から戻ってきた返事はこのような言葉であった。私はその男の惨《みじ》めな返答に腹を立てた。自分を主張できない弱虫に虫酸《むしず》が走った。他の受刑者たちも、ほらこいつはこんなものだ、という顔をしている。

青年は私に懇願するような目つきを投げかけた。これ以上傷口を大きくしないでほしいという眼差《まなざ》しである。彼らが生きている場所は私たち看守でさえ、細部まで見届けることのできない鉄格子《てつごうし》に囲まれた奥の秘境であった。私は口を噤《つぐ》んだ。それが花井の勝利へと繋《つな》がることになっても、ある程度の瑣末《さまつ》を黙殺することは刑務所では必要悪だった。

この小柄な若者はかつての私よりもずっと惨めだと、その時私は思っていた。またそう優越することで私は過去の自分を慰めることもできた。つまりは私自身も、花井が整えたピラミッド型の秩序に知らぬ間に組み込まれ、精神の浄化を享《きょう》受《じゅ》している一人であったのだ。花井が花井らしさを開花させていくのを一番喜んでいたのはこの私ではないのかと時折ふいに考えては、愕然《がくぜん》とした。そう考えると、まるで私こそが花井に操られている張本人のような気がしてならなかった。

秋が深まる頃には、船舶訓練教室内に花井の支配体制が確立した。花井はここに新しい秩序を作って、環境を整備しているだけに過ぎなかった。整備段階では夏頃のような受刑者同士の一時的なぶつかり合いも起こったのだろう。その後は生贄を供えたことで、船舶訓練科はかつてないほどの安定した統率を持つことができた。しかも犠牲者となった青年は抗議として自殺しようとしてみせたり、刑務官たちに苛めの現状を訴えることはしなかった。バランスが崩れ、若者の精神が変調を来しそうになると、花井がすっとその欠けた箇所に手を差し延べて救い出し、崩れた精神を見事に安定回復させると再びその犠牲的な職務に就かせているのだった。よく見ていると、それがかつての私とは大きく違うことだが、その犠牲者は苛めを大方のところで受け入れていた。信じられないことに時々喜んでさえいる様子で、むしろその男の中に眠る被虐《ひぎゃく》的な性質をいち早く見抜いて、訓練科のコルク栓に仕立て上げた花井の、人心を識別する能力の鋭さには感心せざるを得なかった。

しかしやはりここでも「何故」は付きまとった。何故花井は船舶科を陰から管理する必要があったのか。君臨するならするで花井ほど賢い男なら刑務所全体を支配できたかもしれないのに。花井はせいぜい自分が生活しやすい場所を確保したにとどまって、後はまた入所してきた当初の、おとなしい模範囚に戻っていった。

船舶科の航海実習は二泊三日で夜間の漁に出た。花井は瞬《また》く集魚灯の下で釣り糸を垂らし、しゃくりと呼ばれる原始的な漁法でイカを釣った。海底で光る釣り針にイカが食いつくまで何度でも、腕の肉が痙攣《けいれん》するほど彼は糸を引き続けた。

黙々とイカ釣りを続けるその横顔には充実した者特有の精が漲《みなぎ》っていた。見ているこちらが気持ちよくなるほど彼は真剣に漁に励んでいた。担当官や船長が花井を呼びつければ、彼は腹の底から大声で応え、その真面目《まじめ》な態度は他の受刑者たちにも影響を与えて、漁が終わる十二月初め頃になると、船舶科はあの夏のごたごたが昔日《せきじつ》の出来事のように統制のとれた社会へと変貌していた。

航海実習が終わると船舶科はほとんど毎日教室で授業を行った。二月に控えた試験に向けて、模擬試験が繰り返された。ここでも花井は優秀な成績を残した。ほとんど満点に近く他を圧倒した。船長も花井の性格の良さと真面目さに惚《ほ》れ込み、出所後の世話を個人的に考えてもいい、と私たち看守の前で口にして憚《はばか》らなかった。周辺が騙《だま》されていけばいくほど花井の実直さの裏側に潜んでいる嘘《うそ》が滲《にじ》んできた。

11

霏々《ひひ》として降る雪は全く止《や》む気配を見せず、闇《やみ》と雪が微妙に鬩《せめ》ぎ合っては視界を狭ばめ、私は記憶の中を歩いているような摑《つか》み所のない感覚に陥った。

ここのところずっと繁華街から遠ざかっていたが、その日は刑務官仲間の結婚式の二次会があり駅前通りに面した居酒屋で遅くまで騒いでしまった。店を出たのは既に一時を過ぎており、粉雪の降りしきる中、酔った同僚たちに見送られて集まりを離れた。

歓楽街から一筋裏手の、函館桟橋《さんばし》まで続く薄暗い雪道を踏みしめた。駐車場に面した四つ角にぽつんと街灯があり、その灯火の下に蠢《うごめ》く男女の姿があった。引き寄せようとする男から女は逃げようとしているが拒みきれず、仕方なく男と揉《も》み合っているといった印象の向かい合い方だった。赤い傘が二人の足元で口を大きく開いて雪を飲み込んでおり、足跡が雪に散乱している形跡から、男が女に強引に抱きついたものと見えた。オレンジ色の灯によって、降り注ぐ雪片がすうっと刹那《せつな》を闇に描き出してはまた儚《はかな》くも消えていった。

通り過ぎようとしたが、男と目が合ってしまった。羊蹄丸時代の船客長だった。しかし、かつての上司との唐突な再会よりも私を驚かせたのは、船客長が抱き寄せようとしていた女が静《しず》だったことである。

彼女も目を見開いて驚きを隠さず、唇をやや震わせて何かを言おうとしたが、それを堪《こら》えては無理やり胸の奥へと飲み込み、顔色を取り繕って視線を足元へ逸《そ》らした。

私が静に気を取られながらも船客長に一礼すると、男は、不味《まず》いとこ見られちまったな、と含み笑いをした。足はおぼつかなく相当酔っている。酒に溺《おぼ》れるようなだらしない男ではなかったので、その酔態の原因を想像することは容易だった。

「そっちの仕事はもう慣れたが」

船客長は静の肩に回していた手を一旦《いったん》おろし、ズボンのポケットの中にしまった。大きな男で、五十をとうに過ぎているのに海で鍛えられた肉体は酔っていないながらも私の目の前に立ちふさがって聳《そび》えていた。私に客室係の仕事を一から教えてくれたのもこの男である。指名手配の男を船上で取っ組み合いの末捕まえたり、海中転落した幼児を自ら海に飛び込んで助けたり、あの頃の私にとって彼の行動や仕事ぶりは、一つ一つが眩《まぶ》しかった。陸《おか》に上がる決意を最初に相談したのも彼である。

「刑務官の仕事にも、やっと自信がついてきました」

「そうがい、それはいがったな」

静はさっきまでの逃げ腰ではなく、まるで私に当てつけるように、男の腕に自ら手を回した。嘗《な》めた静の傷口の感触を思い出したが、彼女が断ち切ろうとしたものは何だったのか。

静はあの電話以降一度も連絡を入れてこなかった。私はただ一本の電話に戦《おのの》き、あれは暴力団の幹部たちが後ろで糸を引いた罠《わな》と早合点してしまったが、もし罠であればあの後も電話はしつこく続いたはずで、客引きをしていた元受刑者が私を訪ねてきて脅迫めいた抱き込み工作が行われることもなかった。意識しすぎたせいで、過剰に反応してしまったが、早合点かと思いはじめた頃には時間が二人の間で流れ過ぎており、店へ出向くこともままならず、悩んでいた矢先の再会となった。

静は私の声をどうしても聞きたくて我慢できず、迷った挙げ句に刑務所に連絡をよこしたのだろう。その後連絡がなかったのは、彼女の恐れからかもしれない。自分が掛けてはならない場所へ電話を入れてしまったことへの後悔。そして私からの応答が待っても来なかったことへの不安。彼女は自分が拒絶されたと思い込んだに違いない。

「連絡船の最終航海の話は聞いてるべ、三月十三日だ。もしそちらの仕事の都合がつくなら、羊蹄丸の最後を一緒に見取ってくれねぇかい」

酒臭い息をまき散らして告げる船客長の体に、静は軽く凭《もた》れかかった。しかしその口許《くちもと》は引き締まり私への憎しみを露《あら》わにしていた。いや、憎しみというよりは悔しさや惨めさややる瀬なさ、それらの感情が一緒くたになって彼女の複雑な心境を押し殺しているようだ。何も知らない船客長の手が再び力強く彼女を包み込むと、さっきはあれほど拒んでいたにもかかわらず、静は今男の腕の中でじっとし、無言の仕返しを開始したようだった。

「廃航と決まった途端、皆やっと覚悟ができたんでねぇか。必ず連絡船八十年の歴史に俺たちの手で花を添えてやるべや。恥ずかしくない羊蹄丸の葬式を出してやんねぇばな。斉藤、お前は何があっても顔をださなきゃ駄目なんでねぇのか」

男は少し上気し、強く意思の確認を求めた。私は思わず頷《うなず》いた。静が男の陰からじっと私を見ている。私にはその瞳が訴えている真実の言葉は聞こえなかった。仮面の下の女心がどこへ向かって揺曳《ようえい》しているのかを、私は確かめる術《すべ》を知らなかった。

風が強まり、吹雪が私たちの頬を容赦なく叩いた。冷たい風にまとわりつかれ、そこを追い立てられた。かじかみ凍《こご》えているはずの静の手を握りしめたかったが、私と彼女との間には修復しきれないほどの亀裂《きれつ》が走っていた。

船客長がもう憚ることなく静を強く抱き寄せ、今度は私が視線を逸らさねばならなくなった。私はここではないもう一つ別の次元に降り注ぐ雪を見ようと眼球の奥に力を込めた。そこでは静が私の腕の中にいて、私たちこそが街灯の下で身を寄せ合っていなければならなかった。

じゃあ。船客長は私の肩を二度三度叩き、片頬に仄《ほの》かな笑みを浮かべた。すると突然静が一歩前へ踏み出し、私を睨《にら》みつけた。いっそう降りしきる雪の中で、真一文字にぐいと結んだ彼女の口許の紅が、鮮やかにそして生々しく訴えかけていた。静はしゃがみこみ地面の雪を掻《か》き集めるとそれで雪玉を拵《こしら》え、立ち上がって私の顔に投げつけた。二、三メートルの位置から投げつけられた雪玉は私の顔で炸裂《さくれつ》し、顔の表面に小刀で切り付けられたような痛みが走った。同時に、静を抱きしめた時の感触が腹の奥に蘇《よみがえ》った。何度も何度も求めたあの夜の私は仮面を被《かぶ》ってはいなかった。この街で育った三十年近い歳月の中で唯一《ゆいいつ》本当の自分をさらけ出すことができた短い一時であった。

ひとひらの雪が睫毛《まつげ》に下り、それはまもなく溶けて私の前方に広がる世界を二重写しにさせた。雪が、駐《と》めてある車や店の庇《ひさし》や看板に堆積《たいせき》し、現実を真っ白な虚妄《きよもう》の世界へと押し込めていく。静が静と重なり、船客長が船客長と重なる。私が私と溶け合い、そして世界は世界と一つになる。深々と降りしきる雪はこのまま春まで、あらゆる汚《けが》れをその純白の底に隠しつづけることになる。

年が明けると花井修は二月の試験に向けて勉学に勤《いそ》しんだ。受験生を彷彿《ほうふつ》とさせる熱心な姿勢は、私が彼の内側に隠れている陰謀を見誤ったかと思わせるほどだった。他の受刑者が居眠りをするような難しい授業も、彼は必死でノートに写し取り、分からないことがあればよく質問をした。授業が終わった後、独居房に戻ってからも、黙々と勉学に耽《ふけ》っていた。相変わらず模擬試験の結果は飛び抜けてよく、法務技官たちは口を揃《そろ》えてその実力と真面目な態度を褒め讃《たた》えた。

だからこそ、花井が試験に落第した時、誰もが、何かの間違いじゃないのか、と声にした。試験は小樽の海運局から試験官がやってきて厳粛に行われた。本当に落第なのか、と船長が海運局に問い合わせたが、無駄だった。

一体花井に何が起こったのか、誰もが口を揃えてその事態に驚きを隠さなかった。担当官は久しぶりの試験にあがったのではないかと主張したが、信じられることではなかった。なぜならこの六級海技士の筆記試験で落第が出るのは珍しく、せいぜい数年に一度、出る程度の難度である。花井ほどの学歴があり、つねに模擬試験でも満点に近い成績をあげていた者が、幾ら試験にあがったからとしても、白紙で提出しない限り落第できるものではない。

私は当初困惑し、花井の心中を少しは気の毒に察したりもしたが、落ちついて考えれば考えるほど、やはりそれは彼が自らの意思によって招いた結果であるとしか思えず、花井の企《たくら》みがここへ来て俄《にわか》に動きだした予感に包まれた。

授業時間に法務技官が合格者の発表をした。花井の名が呼ばれないことにやはり教室中がざわつき受刑者たちが振り返り、花井の顔を覗《のぞ》き込めば、当の花井は顔色一つ変えず、顎《あご》を突き出し正面を見据える。その形相は憮然《ぶぜん》たる面持とも取れたが、したり顔とも見えた。

船長は声を落として、

「どうした、緊張したか」

とあくまでも冷静さを装《よそお》って慰めた。花井は小さく首肯《しゅこう》し、力み過ぎました、と一言返事を戻す。口吻《こうふん》に悔しさは微塵《みじん》も滲んでおらず、その余裕のある眼光からは落胆を読み取ることもできなかった。

「またもう一年頑張って、来年は必ず受かってみせます」

更に花井は船長に向かって、落第した者とは思えない幾分溌剌《はつらつ》とした声でそう告げた。

授業が終わると、受刑者たちはそれぞれの監房へと四散した。一旦私は事務室へ戻り、法務技官たちとこの結果について暫《しばら》く意見を交換しあった。しかしどんなに話し合っても、厳粛に行われた試験の結果が覆《くつがえ》るわけはなく、やはり花井自らが述べたように力んだのだろう、と担当官が締めくくってその議論は終わりとなった。

勤務時間が過ぎ帰宅しようとしたが、どうしても花井のことが頭から離れず、担当官に、引っ掛かることがあるので花井修の様子を見てきます、と告げて舎房へ引き返した。仮に落第を意図したとして、この一年を簡単に棒に振ることが彼にとって一体どんな利益があるのだろう。幾ら考えても、自分自身を納得させる答えは見つかりそうになかった。

いつまで花井修に振り回されれば済むのか。この運命の因果をどこへぶつけてよいものか分からず、私は第三寮まで癒《い》えることのない気持ちを抱えて歩いた。冷たく張り詰めた夜気は少年刑務所の木造建築物に染《し》み入り、保安本部から独居房までのまっすぐに延びた薄暗い渡り廊下を凍《い》てつかせた。私の吐き出す息が白く私の背後にまとわりついて離れない。指先が寒さのせいで自由が利《き》かず、顔も外気にかじかんで表面が次第に麻痺《まひ》していった。

雪に覆《おお》われたグラウンドの奥に聳える赤煉瓦《あかれんが》の塀を眺めて、私はほんの一時足を止めた。この時冬の刑務所は一年を通してもっとも森厳な美しさに包まれていた。茶褐色の地面が剝《む》き出しの夏の刑務所は、受刑者たちの軍隊的な行進によって舞い上がる土埃《つちぼこり》が暑苦しく、廃《すた》れた牧場を見ているような侘《わび》しさがあった。しかし雪化粧をした冬の刑務所は濁りがなく、受刑者も看守も誰もが自然の厳しい統率の中に身を浸し、何より刑務所という吹き溜《だ》まりをその時だけは白い容器に変えてしまうのだから心地よかった。

私は再び舎房へと向かって歩きはじめたが、暫くすると体内深く思念の底から浮上してくる泡のような笑いが喉元《のどもと》をついて出た。それは私の精神に覆い被さる雪を払い落とし、私の内面に潜んでいたもう一つの心を解放した。私の中で花井は今や破裂しそうなほどに巨大だったが、しかし本当にそうなのだろうか、と。

幼少期に受けた精神的な打撃が彼のイメージをただ無闇やたらと大きくさせたが、実際の彼は刑罰の執行を受けたただの囚人に過ぎなかった。現実、花井修はここにいるのだ。他でもない、外界から完璧《かんぺき》に遮断されたこの函館少年刑務所に収容されている。そして今や彼はあくまでも罪を背負った一受刑者に過ぎなかった。

一旦そう思えば不思議と私の中の花井の輪郭が朧気《おぼろげ》に透けはじめる。私は花井修が入所して以来ずっと、さも花井がここで何か途方もないことを企んでいるような妄想に支配されてきたが、考えてもみれば、この閉ざされた牢獄《ろうごく》の中で彼は一体何を企むことができただろう。

花井修は小学生の頃の彼ではない、全く別の人間だと思うべきなのであり、しかも私たちの間には十八年もの歳月が横たわっている。確かにあの頃を彷彿とさせる鋭い眼光や人の心を操る不思議な能力は健在だが、それとて今の私が怯《おび》えるくらいの得体の知れない魔力と呼ぶほどのものだろうか。私は誰からも苛《いじ》められることのない逞《たくま》しい大人に成長した。しかも今や看守という立場にある。彼の亡霊に怯えて幻を生み出したが、花井修は落第者に過ぎないではないか。

花井の房の前で立ち止まりその鉄の扉を霊視するほど力を込めて睨《ね》めつけた。今彼はこの鉄扉《てっぴ》の向こうで、落胆に喘《あえ》いでいるはずであり、ぐったりと弛緩《しかん》して固い畳の上でふて寝をしているはずだった。彼はこの牢獄に捕らえられている身であり、わざと落第をする余裕などあるわけがなく、理由もない。だから彼は落第が明らかになった時、わざと落第をしたような顔をしてみせ、虚勢の保身に走った。何故《なぜ》そんなことをしたか。つまりそれが花井修という人間の今までの生き方だったからに他ならない。彼の行動に理由を追い求めたこと自体、誤謬《ごびゅう》だった。

私は花井の独居房の前で、幼少期からずっと私を包み込んできた花井幻想を打ち砕いた。長いこと彼を神聖化してきた自分の不甲斐《ふがい》なさに改めて失笑せねばならなかった。花井に自由はなく、恐れることなど何もないのだ。

静まり返った舎房の、人の気配が感じられないその小箱の中で、うちひしがれて落ち込む花井。口許に笑みを浮かべ、視察口を覗くことの出来る自分の自由に、呪縛《じゅばく》を解き放たれた者のみが持ちえる優越を覚える。私は好きな時に花井を監視できる。これほど単純なことにはじめて気がついて狂喜した。今の花井には私を拒む自由と権利はなく、私は彼を二十四時間見張ることができる地位にある。いつのまにか立場は逆転していたわけで、それが人生というものだ。この砂州の街に残り、勤勉に生きてきた私の勝利に他ならず、監視こそが私の復讐《ふくしゅう》である。この私の持てる権力を花井修に見せつけることこそが、幼少期に受けた無数の暴力と支配に対する返報である。死闘ごっこで殴られ、父親を侮辱され、大勢のクラスメートの前で裸にされ、挙げ句は裁判で私の人権を侵害されたことへの報復だった。私はただ、この視察口を開けて、彼を覗くだけでいい。落第した花井をここから見下ろすだけで充分だった。彼がわざと落第したのなら、それはそれで構わない。問題なのは、私がどこにいて、彼が何者かということだった。私は外側にいて、彼は内側にいる。

よくよく考えてみれば、花井修がやらかしたことなど、大したことではない。彼が小学生の頃にしでかしたことは、ただ倒れ込んだ老婆《ろうば》を見捨てただけ。捨て猫を餓死させようとしただけだった。結局彼は自分の人生に破綻《はたん》し、人を刺してしまう。人生をどこかで踏み外し転げ落ちた。彼は六級海技士の試験に落第したのではなく、彼の人生そのものに落第したのだった。だからこそ彼は今ここにいる。

私は凍りついた視察口に手をあてた。鉄扉の向こう側にどんな花井がいようと、私は彼の存在に負けることはない。恐れる必要もない。彼は私の支配下にあり、花井修がここの規律を侵せば、私は即座にその鼻先を打ち砕くことができるのだ。

では、何故私の手は震えているのか！

私の手は得体の知れない恐れを察して、視察口を摑《つか》みながらも震えている。拭《ぬぐ》いさることの出来ない不安に責めたてられているのは何故か。外側にいる私が内側の花井を恐れる理由が理解を超えて、そこに在った。

私はまたしても逡巡《しゅんじゅん》した。鉄扉の前で紛糾し、停滞し、理解出来ない自分の感情に苛《さいな》まれた。緩んでいた口許が次第に氷結していき、頰骨が引き攣《つ》った。激しく戸惑う感情の渦の中から手を必死で延ばし、このままここで自分を見失うわけにはいかないと心の内で叫んだ。舎房の静まり返った冷気の中でたった一人、神経がささくれだつのを堪《こら》えつづけたが、結局その反動が視察口を引き開けさせてしまうのだった。

途端、全身から激しい後悔の念が湧《わ》き起こった。固い鉄の擦《こす》れる音が舎房中にこだまし、私の存在を第三寮の全受刑者に伝えた。大きな夾雑《きょうざつ》音に私の心臓が驚き、鼓膜が熱くなって、私は看守としての威厳を思わず投げ出しそうになった。

果して花井は威風堂々と、房の中心に座していた。恐れた通り、花井修の存在は揺らぐことなく屹立《きつりつ》していた。周囲には、それまでにも増して均整の取れた独居房の空間が広がっていた。花井修は四隅を完璧に制圧し、一分の隙《すき》もなくそこに君臨していた。

白熱灯の光を頭上から受けて、彼の体は黄金色に輝いていた。刈りそろえられた頭髪の下で地肌が生々しく光を反射している。纏《まと》った舎房衣は袈裟《けさ》のようにしなやかに彼を包み込み、あらゆるカルマから彼を自由に離脱させているような柔らかさを放っていた。視線は本の行の上を走り、そこに封じ込められていた世界の意味を黙読していた。真一文字に結ばれた口許は、しかし同時に力が自然と脱けきっており、固さと柔らかさが共存していた。その頭の先から肩を通り、組んだ両足の膝《ひざ》に至るまでの、宇宙の循環と合体したようなしなやかなフォルムに、私は思わず固唾《かたず》を飲むほかなかった。

この瞬間花井修がわざと落第したことは明白となった。同時に、私は監視者を失格し、彼への報復にしくじった。

花井修は小箱の中で大仏と化した。

12

目覚める直前、確かに夢を見ていた。私は光輝く海に浸《つ》かっていたが、泳いでいたのか、溺《おぼ》れていたのかは分からない。溺れていたにしては無性に気分がよく、泳いでいたわりには力むことなく安らかだった。思い出してみようと瞼《まぶた》に力を込めた途端、夢の残像はどこかへ雲散した。

決意はいつまでも固まらなかった。

外はまだ暗く、天井を見つめながら長いこと迷った。荒々しいため息が何度も口許《くちもと》をついて出た。目覚ましを手繰り寄せると針は五時十五分を指している。家人は隣の部屋で寝ており、襖《ふすま》の隙間の向こう側に、布団《ふとん》の膨らみの微《かす》かに動く気配があった。

両手で顔を摑み、このままここで寝ていたらきっと一生後悔することになる、と自分に向かって声にならない声をあげ、布団を力まかせに剝《は》ぐと、勢いをつけて起き上がった。函館山の中腹に位置する家の、山側に面した窓を開けると、鬱《うっ》蒼《そう》とした山の漆黒がすぐそこまで迫っていた。窓を開けたまま寝巻を脱ぎ捨てた。上膊部《じょうはく》に、立毛筋の激しく粒だつ鳥肌が走る。

妻が暗がりから姿を現した。最終航海のことを彼女の前で一言も口にしたことはなかったが、新聞やテレビで見て知っていたのだろう、いつものような小言は一切なかった。目覚めきれない腫《は》れた目を擦《こす》りながら薄暗い台所に立ち、朝食の準備を始める。トントントンと大根を刻む包丁の音が響きはじめると、まもなく部屋中にみそ汁の匂《にお》いが立ち込め、空腹を誘った。顔を洗い、髭《ひげ》を剃《そ》り、朝食を急いで胃袋に押し込めてから、永いこと仕舞っておいた客室係の制服を簞笥《たんす》の奥から引っ張りだして羽織った。妻が玄関先で丸くなり丁寧に靴を磨いていた。知り合った頃よりも随分と肉が腰回りについている。寝巻の上に羽織ったカーディガンの肘《ひじ》の部分に小さな穴が開いていた。靴に光沢が戻り、まるで新品のようになっていくと、妻はそれを見て満足そうに微笑《ほほえ》んだ。

分厚いコートで制服を隠し、家を出た。暁闇《ぎょうあん》は曇り空の遠方から少しずつ明けはじめて、世界はその広がりのすそ野を眼下に現しはじめている。

雪が石敷きの坂道の上で凍りつき、思わず足を取られそうになった。転ばぬよう体重の支点を微妙に足の裏で移動させ、だましだまし歩く。登りはじめた太陽によって眼下に広がる函館湾のまだ暗いおもてが分刻みで表情を変えていく。汽笛が聞こえた。光によって闇《やみ》が排除されようとしている中を、冷気を震わすほどの力強い低音が響き渡った。羊蹄丸の汽笛だった。数メートル坂道を用心しながら駆け降り、湾全体を見下ろすことができる場所に立った。七時二十分の四便に間に合わせるために青森から戻ってきたばかりの船影を湾内に捉《とら》えた。連絡船はところどころ氷結した海中を静かに移動している。今日で最後の航海となることを船自体が悟っているような落ち着いた遊泳だった。

扇状に放射していく砂州の両端が朝の清澄《せいちょう》な光によって縁取られ、浮き上がっては次第に街の全体像をはっきりと描いた。雪に覆われた石敷きの坂道は花井修がかつて老婆を見捨てた坂道でもある。煉瓦作りの倉庫や、ロシア建築風の洋館の連なりが左右にある。その道をずっと辿《たど》る先に函館桟橋《さんばし》に着岸しようとしている羊蹄丸の姿が見えた。

函館桟橋には朝早くから連絡船の最後の勇姿を見るために大勢の市民が集まっていた。十七時発青森行きの二十二便が最終便となるはずだったが、私は今朝の四便で青森まで行き、その折り返しの三便でまた函館へ戻ってくる予定を立てていた。人々の上気する顔を静かに眺めながら、船員用タラップのある船尾まで行くと、鞄《かばん》から制帽を取り出して被《かぶ》った。コートを脱ぎ、それを空いた鞄に詰め込むと、おもむろに船を仰いだ。その時羊蹄丸は揺るぎない一つの壁となり、受刑者たちがいつも見上げている煉瓦塀とイメージが重なった。タラップに足をかけるのが精一杯の勇気で、あとは後ろを振り返らず一気に登った。

デッキに立つと、作業をしていた数名の客室係が私を出迎えた。彼らは前日の夜からこの船に勤務している者たちだった。満面に笑みを浮かべ、よく来てくれたな、忘れてなかったんだな、と口々に告げ握手を求めてきた。私と同じように再就職をし、函館を早くに離れていた元乗組員もわざわざ東京から戻ってきていた。私の心配を余所《よそ》に誰もが爽《さわ》やかな笑顔を並べ、気持ちの良い再会となった。それぞれの道を選んだことを後悔している者は、その時船の上には誰もいないように思われた。

誰かが船客長を呼びにいき、まもなくデッキに彼が姿を現すと、場はさらに和み微笑みに包まれた。まずは船長さ会って来い、と船客長に背中を押され、私は東京から戻ってきた男と二人で挨拶《あいさつ》に行った。制服を着て遊歩甲板を歩いていると、あのままこの船に残って今日を迎えてしまったような錯覚が起きた。客室係としてずっとここで働きつづけることができたら、と一瞬、蜃気楼《しんきろう》のような夢想にも駆られたが、甲板を踏みしめるたびに私は現実を取り戻していった。

船長は私たちを静かに見つめ、来てくれてありがとう、と微笑んだ。私たちは敬礼をし、船長と思い出話を二言三言交わしあった。乗組員たちの笑顔がここでも私を出迎えた。船は八十年に及ぶ連絡船の歴史を閉じようとしているのに、変わらぬ健在ぶりを足元に伝え、凜《りん》として海上に在った。羊蹄丸が元気であればあるほど、視界に広がる函館湾の淡い朝焼けが、私の胸を執拗《しつよう》に締めつけてきた。

七時五分前頃になると乗船が始まり、私はかつての自分の足場に立って、客を監視した。連絡船との別れを惜しむ人々の長い列が後から後から桟橋に現れてはタラップの狭い通路へと注ぎ込んで来た。

乗船が始まってまもなく、私はその群衆の中に静《しず》を見つけた。黒っぽいコートの襟で顔を隠していたが、すぐに分かった。声を掛けようとして、慌《あわ》てて思い止まった。船客長の顔が浮かんだからだった。そうか、と納得し、立ち尽くしたまま通りすぎていく静の横顔を眺めていた。偽善者、という声が桟橋の方から聞こえた気がした。声に引っ張られるまま振り返ると、桟橋の上に小学生の頃の私が立っていた。私はデッキから身を乗り出し、かつての自分を見下ろした。手も振らず桟橋の隅で畏《かしこ》まったままの私。自分が何故そこにいるのかさえ分からず佇《たたず》む私。あの時私も砂州の街から出発したかったのか。それとも花井修に置き去りにされるのが怖かったのだろうか。

七時二十分、汽笛が函館湾に響きわたり、送迎所から手を振る大勢の市民に見送られて船は岸を離れた。長いこと危険だからと禁止されていた紙テープがその日は許可され、桟橋の空を華麗に舞った。船の甲板から大空目がけて投擲《とうてき》された色とりどりのテープは、別れを惜しむ羊蹄丸の触手のようで、すっかり明け渡った朝空を縦横無尽に飛び交い、風に流されてはまた戻され、最後は命尽きるように桟橋へと到達した。

懐《なつ》かしい景色が次第に私の眼前からも徐々に徐々に遠ざかっていった。正面に函館山だけがあった。雪で覆《おお》われた山肌は銀色に光を反射し、空高く輝いていた。私は船首へ移り、山を見上げる。山も私を見つめていた。

花井修が東京へ出発した後、残った私は世界の存在を想像する毎日に明け暮れた。地球儀を買い求め、枕元《まくらもと》に置き、くるくる回しては自分が宇宙のどこらへんにいるのかを把握しようと試みた。函館の位置を爪《つめ》の先で何度も記したせいで、北海道の下半分に引っかき傷が無数に残り妙に凹《へこ》んで醜くなった。世界は所詮《しょせん》この球体の中のことだと悟った時、宇宙の果ても、存在の果ても、次元の果ても、時間の果てまでも、自分の手中にあるのを知った。出掛けた花井も、死んだ父も、みんな自分の手中にある。地球儀を回し、それを両手で強引に押さえて止めては、そこに丸い星の輪郭が浮かんで、これが全《すべ》てだと理解した。つまり宇宙とはこの砂州の中の出来事と全く相似なのだった。

確か父が死んだ翌年のことだったと記憶しているが、アポロ十一号が月面に到達して地球の映像が世界中のテレビに同時に流れた。母に、これだけは見ておきなさい、と言われ、私は宇宙飛行士が月の不鮮明な地面に降り立つ姿を見た。私たち人類の想像力はその瞬間一つになり、疑うことを忘れ、何か途方もない一点を目指して薄気味悪い行進を開始したような気がする。やはり地球は丸く宇宙に浮かんでいる、と世界中の人々が共時的な認識を持ったあの時こそ、私の中にもう一つの世界が現前した瞬間でもあった。

花井修が新世界へと旅立った時、私だけがここに閉じこもった。古代人が描いた亀《かめ》の背中に乗った陸地こそが世界なのだと疑わず、海の四方の果ては滝になって宇宙に落下していると思い込もうとした。ここで受け止める全ての認識こそが世界なのだと信じ込んで、とどまった。この世界は、函館山を中心に神々《こうごう》しいばかりの宇宙を形成していた。砂州の最も括《くび》れたところは僅《わず》かに一キロほどしかなく、その両脇《わき》を海が囲んでいた。私はこの限られた世界から、ただ山を仰望しては、くるくると地球儀を回しつづけて大人になった。

海峡の波は珍しく穏やかで、底揺れもそれほど酷《ひど》くなかった。波頭は、海峡そのものが手を振っているように、何千、何万、何十万と数えきれないほど次々と現れては消えた。私は乗客たちと一緒になって、手すりから身を乗り出し、その果てしなく広がる海を見下ろしつづけた。暗緑色の海なのに、太陽から降り注ぐ光は海のおもてで反射して眩《まばゆ》くたゆたっていた。

静を再び目撃したのは、函館港を出港して一時間三十分ほど経《た》った頃であった。客室の様子をかつての仲間たちと見回っていると、遊歩甲板を歩いていく静がいた。船窓越しに垣間見《かいまみ》たその平穏な横顔に、私はじっとしていることが出来なかった。

急いでデッキへ飛び出し、彼女を追いかけた。ほとんどの人々が外に出ていたため、混雑していた。写真を撮る家族連れからは笑いが絶えなかった。老夫婦は肩を寄せ合って遥《はる》か沖合を眺めていた。その中を私だけが過去へ向かって疾走していた。

静を捕まえたのはカーデッキの中程だった。彼女は驚くこともなく真っ直《す》ぐに私を睨《にら》み返した。息が喉元《のどもと》で閊《つか》えて、言葉がうまく出てこない。カーデッキの後端で日の丸が翻《ひるがえ》っていた。激しく翻る国旗と静の顔を交互に見比べ、私は呼吸がなかなか落ちつかないことに気を揉《も》んだ。

「青森に帰ることにしたの」

静は私に背を向けると、海に向かい力強く言った。

「函館に来る時もこの船だった。だから最終航海で戻ることに決めたの。そうしたら、苦しくなってももう船がないんだから戻ってこれないじゃない」

何かを語れば、それが彼女の未来を決定してしまう引き金になるような気がして怖かった。希望も絶望も全て海峡の光の中にあると思った。

「斉藤ここにいたか。八甲田丸ともうすぐすれ違うぞ」

駆けつけた客室係のかつての同僚が、私の肩を荒々しく摑《つか》まえて告げた。私は躊躇《ためら》わず静の腕を摑み、再び駆けだした男の後を追った。最上階のアッパーデッキへ登ると、そこには既に数名の客室係が待機しており、見返ると八甲田丸がこちらへ針路を取って一目散に向かってくるのが見えた。それに応《こた》えて羊蹄丸も次第に船首を八甲田丸へと傾けはじめ、二隻《せき》は衝突するのではないかと思うほど、津軽海峡のど真ん中で急激に接近しあった。

汽笛が鳴らされた。いつもよりもずっと長い汽笛で、それが何度も何度も執拗に繰り返された。私たちはアッパーデッキから八甲田丸へ向けて手を振った。手を振るだけでは物足らず、声を張り上げた。誰かが、何処《どこ》からか組合の赤い分会旗を持ち出してきて、その幅二メートルほどもある旗を躊躇《ちゆうちよ》せずに振った。

船が交差する。八甲田丸の船体がすぐ眼前を遮った。海も空もその時遮断され、両船は際《きわ》どい距離ですれ違っていった。先方のデッキに溢《あふ》れた人々の顔の表情まではっきりと見える。静も手すりに駆け寄っては目を凝らし、通過する連絡船にかつての自分を探していた。泣いている者や手を振っている者、乗客が一人残らずデッキに出ているので両船は引き合う磁力によってお互いの方へと傾き合った。五千トンクラスの船がすれすれに交わる瞬間の鋼鉄の響きを私ははじめて体験した。白波を引いて、ところどころ氷結した海峡をどんどん遠ざかっていく八甲田丸を見ながら、思わず涙が頰を伝っていた。

八甲田丸が遠ざかると、ロシアから吹きつける凍《い》てついた風の中で肉体も感情も冷やされ、全てが終わったような脱力感に包み込まれていった。大旗に手を添えていたかつての同僚たちが崩れるように次々にしゃがみこんでは、なりふり構わず泣きだした。

平館港の沖合を通過する頃には私はこれからのことを考えはじめていた。船が青森湾に入り、凪《なぎ》の海を航行する時、私は刑務官としての自覚を取り戻しつつあった。

青森港の岸壁に聳《そび》える三角形の建造物アスパムが海面の先にその尖《とが》った顔を現すと、次第に船はエンジン音を低減させ、スピードを落とし、そのまま最後の熱気をスクリューの泡の中へと放出した。

13

花井の仮釈放が決まった。

八年の刑期を満了するまでに後一年半を残しての急な釈放である。相変わらず花井の服役態度は表向き非の打ち所がなく、分類科が保護観察所に仮釈放の申請を出していたのも理解できる。しかし出獄の許可がこれほど早く下りるとは思っていなかったせいか、実際に仮釈放の知らせを聞いた時、私は思わず動顚《どうてん》した。処遇部長に対して、見極めないとならない点が多すぎる現段階での仮釈放には疑問がある旨《むね》伝えたが、分類科が総合的に判断したものだ、とにべもなく却下された。

謎《なぞ》が何一つ解決されないうちに花井修が刑務所の外、つまり私と同じ場所に来ることが納得できなかった。仮出獄許可書が下りた以上、彼の出所は早ければ来週早々にも実施されてしまう。

私の上訴に担当官が、何が気に入らんのだ、と小首を傾《かし》げる。

「お前が花井の仮釈放に関して口を挟む理由が分からん。あいつはよく務めた。真面目《まじめ》に償いをしてきたと思うがな」

言葉を濁しながらも、あの男が何か我々を騙《だま》しているような気がして仕方がないのです、と思い切って口にしてみた。正確にそう思っていたわけではない。彼が権力や法律に対して戦いを挑んでいるとは思えない。ただ、あの温和な顔つきの裏側には、依然として人倫の道を超える企《たくら》みが隠されている気がしてならなかった。私は看守という立場を離れてそれを覗《のぞ》いてみたいのである。その一心が、花井修が私の手の届かない場所へと離れてしまうことに反対させた。

花井修、よい知らせがあるぞ。口惜《くや》しさを隠しながらも自ら伝える役を買って出た。昼休みに受刑者たちと寛《くつろ》いでいた花井は、力の抜けた穏やかな表情で振り返った。私たちの間には平穏な時間が流れており、窓越しに差し込む陽光は足元を温めた。石炭ストーブの上に置かれた薬罐《やかん》の、ピッチの安定しない蒸気音が、それぞれの心に小さな燻《くすぶ》りの影を落としはじめる。二人は無言で向かい合った。停滞する時間の推移と反比例して、花井の温和な表情から血色の明るさがみるみる急速に失われていった。仮出獄の許可が下りたことを告げると、周囲の受刑者たちは騒然となったが、その騒がしくなった室内の中央で、私と花井だけが取り残されて対峙《たいじ》し、静かに張り詰めて睨み合っていた。

花井が暴れたのはその二日後のこと。麗《うら》らかな午後の日溜《ひだ》まりに包まれた昼食の時間、船舶科の生贄《いけにえ》として奴隷《どれい》のように扱われていた小柄な若い受刑者を花井が殴打したのが事の始まりとなった。若者は大きな音をたててテーブルにぶつかり床に沈み込んだ。少し離れた場所にいた私たち看守は最初大きな夾雑音《きょうざつ》に振り返ったが、余りにも長閑《のどか》な昼休みだったために、そそっかしい誰かが躓《つまず》いたのだろう、と思ったに過ぎず、誰一人事の重大さに気がつかなかった。花井が頓狂《とんきょう》な声を挙げ、小柄な若者に跨《また》がり握りしめた拳《こぶし》を次々に振り下ろしはじめた時にな
って、目の前で何かとんでもない事態が起きたと、私は察知した。助けて、とい

う甲高い声が食堂中に響き渡ったが、花井の暴力は納まることがなく、虚を衝《つ》かれた状態の我々が状況をやっと認識した時には、殴られた若者の顔から流れ出る血で床が赤黒く染まっていた。慌てて駆けつけ花井の暴走を止めようとしたが、勢い花井修は担当官を押し倒し、取り押さえようとした私の腕を潜《くぐ》り抜けると食堂の外へ向かって遁走《とんそう》した。

別の看守がすぐに警報ベルを鳴らし、私と担当官は彼の後を追いかけた。獄舎の古びた廊下を花井はひた走った。何故《なぜ》こんなことになったのかと困惑したまま、しかし私は腹の底から沸き上がる躍動感を同時に覚え、ただ夢中で後を追いかけるのだった。すぐに数名の看守が私たちに合流し、うららと穏やかだった函館少年刑務所は一転して狂乱の舞台へと変貌した。

「そっちだ。グラウンドの方へ行くぞ。誰か回り込め」

声が飛び交った。私は走りながら、彼をこのままどこかここではない場所へ逃がしてやりたいという思いと、これを機に押さえつけ力の限り殴りつけてやりたいという欲望の板挟みとなった。警報ベルは鳴りつづいた。花井は獄舎の表、残雪に覆われたグラウンドへと飛び出す。外の世界は光に炙《あぶ》りだされて眩《まばゆ》かった。そこを、まるで果てしない海原へ向かって飛び込もうとする水泳選手のように均整のとれた花井の体軀《たいく》が走った。

行く手には煉瓦塀《れんがべい》が聳えている。こんなことをしても逃げおおせるはずのない籠《かご》の中。その籠が置かれている場所は、さらに砂州の中である。くそ、何を考えている。私は走りながら声を放った。振り回され振り回され、それでもあの男が考えていることを理解しようとしてはまた振り回された。私は生涯こうやって花井修という一人の男に翻弄《ほんろう》されつづける運命なのかと滾《たぎ》り立つ苛立《いらだ》ちを飲み込んではまた走った。

花井は明らかにグラウンドの先に立ちふさがる煉瓦塀を目指していた。辿《たど》り着いても飛び越えられるわけはなく、まるでそこに自分の頭を叩《たた》きつけて自殺を計ろうとしているように。

花井をタックルで沈めたのは私だった。高校時代に何度も経験した体当たりだったが、花井に抱きついた瞬間のあの甘くてほろ苦い触感は過去のどの激突とも違って、私を狼狽《ろうばい》させた。花井修の痩《や》せこけてはいるが引き締まった体軀の、生暖かい肉の手触りは、刑務官である私の誇りを揺さぶった。思わず私は声を張り上げ、そのまま勢い余って宿雪へと倒れ込みながら、花井修を手中にしっかりと抱きとめて激しく身震いをした。

倒れ込んだ私たちの上に間髪を入れず看守たちが次々に覆い被《かぶ》さってきた。花井は看守たちの下敷きになり、その顔を雪中深く埋没させる。口を歪《ゆが》め歯を剝《む》き出しにして、獣のような形相で汚い言葉を吐きつづけた。僅かに自由の利《き》く方の手で、取り押さえようとする看守に抵抗した。ほとんど押した程度の軽い打擲《ちょうちゃく》だったが、看守たちは花井を徹底的にその場に抑え込んだ。男たちの拳が容赦なく身動きの取れない花井の顔や体にめり込み、痛々しい響きをあげた。誰かの足が花井の顔を蹴《け》り上げ、多量の血が雪面へと吹きつけられていくのを、私は彼の胴体にしがみついたまま見とれていた。

後から来た看守が戒具と呼ばれる革製の手錠で花井の手足を封じた。さらにその口には防声具が嚙《か》ませられた。花井は僅かに身じろぎしながら抵抗を続けていたが、芋虫のように転がり何度も白目で宙を仰ぐ姿は、つい昨日までの模範囚とは全くの別人であった。

「もういい、もう大丈夫だ。おとなしくなった」

滅多に起こらない出来事に興奮し納まりがつかなくなった看守たちを私は制した。誰もが血に染まった雪面を見て、いったい何が起こったのか、驚きを隠さなかった。花井だけが満足気な表情を浮かべて激しく鼻孔で呼吸をしている。防声具の隙間《すきま》から吐き出す白い息、鼻から流れる血潮。そして三月の澄みわたる函館の青空が目に焼きついていつまでも離れることはなかった。

全員で花井を担《かつ》いで舎房の外れに設置された保護房と呼ばれる独房へ連れ込んだ。そこは獄中者が喧嘩《けんか》をしたり暴れた時に一時的に入れて精神を鎮静させる房である。造りは頑丈で鉄扉《てっぴ》には視察口や食器口はついておらず、その鉄板は通常の独居房の扉よりも重厚だった。視察口は保護房を囲む二つの壁に小窓くらいの大きさで一つずつ計二か所設けられており、看守が何時《いつ》でも中を覗けるように工夫されていた。密室構造で拘禁《こうきん》性も高く、戒具を装着させておくことによって受刑者の自由を完全に奪うことができた。電球は一晩中つけられ、二十四時間監視された。戒具のせいで食事もはいつくばって犬のように摂《と》らなければならなかった。排便に至ってはズボンを下ろすこともままならず不衛生極まりなかった。

保護房で花井が再び暴れると、看守は暴力でそれを鎮圧した。抵抗できないと分かってはいても、つい手が出てしまうのが保護房の陰湿な雰囲気である。私は彼が殴打されるたびに、目を瞑《つぶ》って心を背けた。コンクリートの三和土《たたき》に彼の顔が押しつけられ、止まらない血がここでも床面を汚しつづけた。

「折角、仮出獄が決まったというのに、こんな奴《やつ》はじめてだ」

開いた鉄扉の向こうから処遇部長が顔を覗かせ、眉間《みけん》に皺《しわ》を寄せた。花井は目をひんむき部長に向かって何か叫んでは悪態をついたが、言葉は防声具によって意味を持つことはなかった。保護房の真ん中で大勢の看守に押さえ込まれている花井を、私は壁際から冷静に見下ろしていた。くすんだ色の囚人服を纏《まと》い、見る影もなく権威に封じ込められているこのかつての同級生は、ただのつまらない失格人間としてしか私には映らなかった。

当然、花井の仮釈放の話は無くなった。他の累犯《るいはん》の刑務所のようにここでは脱獄や暴動などは決して起こらない。逆らったりせず、規則に従いおとなしく服役していれば数年で出られる場所である。だからこそ彼が犯した行為は、誰もが首を傾げる珍事であり、精神鑑定を受けさせるべきだ、との声さえ上がった。

独居房に花井を戻すことになったのは事件から一週間ほど経《た》った底冷えのする水曜日だった。低気圧が勢いを増して、牡丹雪《ぼたんゆき》がこんこんと降りしきり、函館は記録的な大雪に見舞われた。

距離感のまるでない空は曖昧《あいまい》な奥行きを広げながらも、函館少年刑務所を外界から切り離すようにすっぽりと覆い、ただ煉瓦塀の上限だけが遥《はる》か彼方《かなた》に霞《かす》んでみえた。降りつづく雪は納まらず、何も彼もをそこに封印しようとしていた。

花井は事件の数日後には元の落ち着きを取り戻していた。看守の呼びかけにも返事がきちんと戻って来るようになった。反省の色も濃く、一時的な精神錯乱だったのではないかという説がもっぱら噂《うわさ》されはじめていた。幸い暴行を受けた若い受刑者の怪我《けが》も出血の量に比べて軽く、花井の更生の芽を摘み取りたくないという法務技官たちからの強い申し入れもあり、所長が事件送致を見送ったことで、結局刑期の延期には及ばなかった。

私と担当官は鍵《かぎ》を開けて保護房へ入り、戒具で手を固められたまま横たわる花井の不甲斐《ふがい》ない肢体を眺めた。アルミ食器の中で食べ物が干《ひ》からびており、その生臭い臭《にお》いは剝き出しで不衛生なトイレから漂う悪臭と混ざり合って、鼻先をきつく捩《ね》じってきた。

「この野郎、甘えやがって。こんなこっちゃ、いつまでも社会復帰できねぇぞ」

担当官の口調には、優しさが感じられた。二人がかりで戒具を解いた。花井修は、うめき声を弱々しく上げながらも、私たちに支えられてゆっくりと立ち上がった。その横顔は、食事をほとんど摂らなかったせいで頰の肉が削《そ》げ落ち、看守と揉《も》み合った時の痕《あと》が頰の周辺に生々しく紫色の痣《あざ》を残し、目はほとんど塞《ふさ》がって十五ラウンドを戦ったボクサーのようだった。

「歩けるか」

担当官が訊《き》いた。花井修は長いこと戒具で不自由だった手を労《いたわ》りながらも、はい、と思った以上にはっきりとした口調で返してきた。

私は第三寮まで、足を引きずる花井の弱々しい背中を見つめながら歩いた。糞《ふん》尿《にょう》に塗《まみ》れたズボンや泥で汚れた上着を纏っているというのに、その後ろ姿からは不思議なことに、長い荒行を終えたばかりの悠然とした余裕さえ感じられた。私には、花井の肉体の内側で淡い光が、静かに息づいているのが見えた気がした。

14

翌年一月、昭和天皇が崩御し、新しい年号へと変わった。

新天皇の誕生によって、大規模な恩赦が行われるというニュースが流れたのは厳寒の二月初頭のことである。戦後、日本国憲法発布や平和条約発効時など四度の大赦が行われており、今回で五度目だった。大正天皇が崩御し昭和へと年号が変わった時にも大規模な大赦が行われたが、今回はそれを上回り、政治犯や交通事犯に留まらず、模範的な一般受刑者にまで枠《わく》が広げられ、函館少年刑務所からは通常の六、七倍の、大挙三十名が恩赦を受けて出獄することとなった。花井修の名は一年を経て再びその中にあった。

仮出獄当日は晩冬の晴れ渡る好天に恵まれた。普段は会議室で行われる仮出獄許可証の授与式が、人数の関係から急遽《きゅうきょ》講堂へと変更になった。刑務所側が前もって連絡をつけておいた親族や身元引受人たちが講堂に集まり、ちょっとした卒業式気分となったが、そこに花井修の母親の姿はなかった。父親の容体が悪化したせいということだった。

授与式の直前、私と担当官は花井修の領置調べに顔を出した。時計やライターなどの所持品がそこで返却となったが、花井の入所時の所持品はどれもブランド品ばかりで、事件当時彼が着ていたイタリア製のスーツの裏地には、Osamu Hanaiと金糸で刺繍《ししゅう》が施されていた。母親から送られてきたセーターもあったが、花井はそれを着ようとはしなかった。クリーニングされた事件当時のスーツを、花井修が調べ室内にある通称ビックリ箱と呼ばれる小部屋で着替えて出てきた時には、所員の間から嘆声が漏れた。刑務所という場に全く相応《ふさわ》しくない形貌《なりかたち》から誰もが、東京で働くエリートサラリーマンの日常を想像せずにはいられなかった。少年北海丸の船上を走り回っていた訓練生花井修と、この目の前の男とを重ね合わせることは難しく、私は言葉を失ったまま、盗み見るように彼の上から下までを何往復も覗《のぞ》き、最後は普段の自分の恰好《かっこう》と比較してしまった。

講堂で仮出獄許可証を授与された時の花井は、背筋も伸び、人々の視線を一身に浴びて、まるで大学を首席で卒業する青年のような凜々《りり》しさがあった。引き締まった花井の顎《あご》の肉が、緊張と弛緩《しかん》を繰り返すのを、私はいつのまにかかつての同級生を見るまなざしで眺めていた。

授与式が終わり、晴れて自由の身となった受刑者たちが、家族と声を掛け合いそこかしこで再会の輪が出来、すすり泣きや笑い声が講堂を埋めはじめると、親族の出迎えのない花井を気づかって、担当官が彼を正門まで見送ろうと私に提案した。

「出所おめでとう」

担当官は花井修に声を掛けた。握手は認められていないので、担当官は親愛を込めて彼の肩を叩いた。それに対して花井は小さく一つ頷《うなず》いただけだった。私たちは再会に喜び合う人々を残して一足先に正門を目指した。毎朝軍隊的な行進を繰り返してきた廊下を、ビジネスマン姿の花井修が歩く姿は何とも奇妙で、すれ違う看守たちの目を引いた。

　グラウンドを望むことができる場所に出ると、花井はふと立ち止まった。担当官は彼の気持ちを察し、少し離れた場所で待っていた。花井の眼球の縁で光が跳ねている。視線の先に、銀雪で覆《おお》われたグラウンドで運動をしている受刑者たちの姿があった。看守の掛け声に従い、彼らは手足を伸ばしたり腰を曲げたり軽い体操をしている。一年前にあの雪上で大立ち回りが行われたとは思えない時の経過に、私は溜《た》め息を漏らした。

　事件後、花井修は保護房から出ると、前に増して素直で従順になった。あの暴行事件が一体何だったのか、と誰もが疑いたくなるほどの変貌だった。ついかっとなって気がついたらあんなふうになっていました、と花井は独居房に戻ってから警備隊の係官に事件の心境を語ったが、私にはとても納得できる理由ではなかった。

　風が起こる度に雪が、窓に張りめぐらされた金網越しに廊下へと吹き込んだ。陽朝のつんと張り詰めた空気の中を、我々は再び正門を目指して歩きはじめた。

の射《さ》さない湿った廊下の突き当たりに庁舎があり、その奥に鉄門が口を僅《わず》かに開けて待っていた。不満が残る別れだった。何をしに彼がここに来たのか、最後の最後まで理解できない終焉《しゅうえん》ではないか。足を一歩前に踏み出すたびに、自分だけがここに取り残されてしまう悔しさが膨らんで、胸を焦《こ》がした。

「真先に、お父さんを見舞って、安心させてあげなさい」

庁舎のホールに辿り着くと、担当官が言った。花井は立ち止まったが、出口を睨《にら》んだまま返事はなかった。後方から、晴れて仮釈放となった受刑者らとその家族たちの和やかな声が迫っている。私が先に進み出て鉄門を開けた。銀雪に反射していっそう激しく輝く朝の光が冷気と共に注ぎ込み、視界を白く一瞬にして溶かしては、私たちの網膜を突き刺した。花井は所持品を詰めた紙袋を抱え直すと、更に目を細めてから庁舎の外へと踏み出した。花井修がそのまま光の人になってしまうような寂しさが過《よぎ》った。

鼓動が速まる。小学生の花井を見送りに、函館桟橋《さんばし》へ出掛けた日のことが脳裏を掠《かす》めた。あの時と何も彼もが同じだった。彼は立派なスーツを着て出発してしまうのだ。自分だけがここに残り、またしても見送る役目に甘んじるのだった。何か言わなければならないとその時焦《あせ》り、彼を打ちのめすただ一言の礫《つぶて》を必死で探しながら、私は行こうとする花井の肩を反射的に捕まえていた。

思わず、

「お前はお前らしさを見つけて、強くならなければ駄目だ」

と口走った。十九年前、函館桟橋で花井に言われた台詞《せりふ》だったが、言葉は心に長いこと被《おお》いかぶさっていた戸惑いを俄《にわか》に晴らしていった。同時に私の口許《くちもと》は勝ち誇るように緩み、肺が可笑《おか》しさで咽《むせ》びだす。花井は光の中で一、二秒制止したままそんな私の顔を睨《ね》めつけ、無表情にゆっくりと眉根《まゆね》を集中させたのだった。

そして冷たい風が私たちの狭間《はざま》を吹き抜けた次の瞬間、

「斉藤、偉そうにするな」

と今度は花井修が突然大声を張り上げた。紙袋が落下したのと同時に、腹部から頭頂へ目掛けてゆっくりと熱い痛みが昇った。花井の肩が私の胸に寄り掛かり、その右手が私の腹部の中心深く埋まった。花井の残像を私は必死で追いかけたが、視界はぼやけていっそう輪郭は曖昧になっていった。そして、意識が周辺から狭まっていく中、私は声を聞いたような気がした。

——分からんのか、俺はずっとここにいたいのだ。

反動をつけた花井の拳《こぶし》があらゆるものを振り払うように今度は私の顎先を砕いた。意味は失われ、私は暗闇《くらやみ》の中を落下していく自分の肉体を桟橋から眺めていた。暁闇《ぎょうあん》を舞う色とりどりの無数の紙テープと、見送る人々の声だけが、鮮やかに心に浮かび上がり、離れようとしなかった。

函館少年刑務所に初夏が訪れた。

私は渡り廊下を三列縦隊に並んだ受刑者たちと、船舶教室のある獄舎まで行進していた。最後部の受刑者が、イッチニッ、イッチニッ、と掛け声を上げれば、新入り訓練生たちはそれに合わせて手と足を大きく上下に振った。

ふと、塀《へい》の袂《たもと》の小さな花圃《はなばたけ》にしゃがみこみ作業をする花井修の姿が目に止まった。私に暴行を働いた廉《かど》で、花井の仮出獄はその場で取り消された。今度は刑期も大幅に延長され、船舶教室の訓練生に戻ることも認められなかった。

全体止まれ、と私は隊に向かって号令を掛けた。受刑者たちは乱れることなく一斉に立ち止まる。誰かが規律を乱したせいで注意があるのかもしれないと、彼らの間に緊張が高まるのが伝ってきた。直立不動の体勢で次の号令を待つ彼らをそこに残して、私はグラウンドの方へ数歩進み出た。

土を弄《いじ》る花井の姿はやせ細って弱々しく、遠くから見るとまるで老人だった。しかしその横顔はかつてないほどに柔和で清々《すがすが》しく、磨き上げられた灌木《かんぼく》のようでもある。

私の汗ばむ皮膚を、穏やかな潮風が冷やしていった。砂ぼこりが舞い、花井がスコップを握りしめたまま、額に手をやる。作業衣の袖《そで》で汗を拭《ぬぐ》い、それから目を細めて太陽を一瞥《いちべつ》した。競輪場の方角から、熱い声援が風に乗って届く。レースが盛り上がりに差しかかっているせいで、声の勢いは最高潮に達しようとしていた。

花井は、刑務作業に従事する他の受刑者たちが塀の外を気にしているのを余所《よそ》に、一人だけ地面を見つめ、黙々と作業に精を出していた。シャベルで土を掘り起こし、そこに植物の種を万遍なく蒔《ま》く花井の姿からは、超俗した者の閒雲孤鶴《かんうんこかく》な静けさのみが滲《にじ》み出ていた。

「気をつけ」

緊張が削《そ》がれてきた隊列に向かって私は、再び号令を発した。驚いた受刑者たちは、慌《あわ》てて両手をズボンの縫い目に合わせて真っ直《す》ぐ伸ばし、顎をひいて正面を見据えた。花井が手に入れた自由を、私はいつでも奪い取る自信があった。

「全体、前へ進め」

隊列が私の号令によって動きはじめる。イッチニッ、イッチニッ、と声が掛かり、受刑者たちが振り上げる手や足の衣擦《きぬず》れが、私には小鳥の囀《さえず》りよりも心地よく聞こえていた。

渡り廊下を出る間際《まぎわ》、私は一瞬、花井を見返った。そこだけがぽっかりと、時間から取り残された、のろまな枯れた日溜まりであった。

上品でアバンギャルドで本質的な辻文学

江國香織

辻さんの小説は、つねに、出だしの一文が美しい。これはとても重要なことだし、私は、つねにその最初の一文が好きだ。読者が彼の世界に足を踏み入れる一瞬。

一冊の本の中に閉じ込められた世界に、表紙をひらくと同時に読者はわけ入っていく。一人で。そこはつねに見たこともない場所だ。小説を読むというのはそういうことだし、その行為の端から端までを、たぶん辻さんは緻密《ちみつ》に画策している。

もっとも、辻さんに画策という言葉は似合わない。彼は単にたのしませようとする。たとえば友人を家に招いたとき、なにもかもに気を配って居心地よくさせようとするホスピタリティに、それはむしろ似ている。

辻さんに画策という言葉が似合わないのは、辻さんが上品なひとだからだ。私は、あんなに上品なひとはみたことがない。

普通、上品なひとは作家には向かない。だから、作家の多くは品が悪い。ただ、常軌を逸して上品な場合は例外で、辻さんはまさにこれなのだ。こうなると、もう手におえない。中途半端に上品な作家は駄目だが、常軌を逸して上品な作家には、品の悪い作家たちを凌駕《りょうが》する輝きがあると思う。

辻さんは、燦然《さんぜん》と輝いている。

もっとも、これは彼の性質ともいうべきものなので、その輝きをほめてもあまり意味はない。彼は輝いてしまうのだから。

こういう本質的な輝きに国境はなく、だからたとえば彼が昨年フランスで「フェミナ賞」を受賞したことも、私にはとても自然なことに思える。

さて、「海峡の光」。

主人公の「私」は、少年刑務所で看守として働いている。そこに、少年時代「私」を不快な方法でいじめの標的にした、優等生の「花井」が入所してくる。

物語はがっしりと力強く始まり、しずかに、過去と現在をいきつもどりつしながら進んでいく。

登場人物の一人ずつについて、「説明」はされない。花井がそこに入所してきた理由である傷害事件についてさえ、なぜ、どういう経緯でそんなことが起きたのか、ほとんど語られないままだ。彼らのあいだにあるものも、それが敵意なのか好意なのか優越感なのか、友情なのか同情なのか憎悪《ぞうお》なのか判然としないし、それどころか、「私」の一人称で語られていく場面場面で、それらの感情が二人のうちどちらに属しているのかさえ、しばしばわからなくなるほどだ。

二人の男のやりとりを、作者は一切説明せずにただ「見せる」。そこには、重ねられていくエピソードがあるばかりだ。ちょうど、この土地に始終降り、刑務所を鈍色《にびいろ》にとじこめる雪みたいに。

そうやって、男たちはある種のきわめて強い存在感を持つことになる。

少年のころの花井が、野良猫《のらねこ》にエサをやる陰湿なエピソードがある。たとえばそこに潜む闇《やみ》を胸の奥に隠し持ったままの一人の大人の男として、花井修は読者の前に立っているのだ。

花井の抱えるこの闇は、「海峡の光」全編を通じてただそこにあり、ぱっくりと口をあけている。主人公の抱える闇が、そこに重なる。タイトルに含まれる「光」という文字と、本文中にひたすら深く深く穿《うが》たれるこの「闇」との、極端なまでのコントラスト。

すでに出所したかつての受刑者が、街で「私」に声をかける場面がある。彼は飲み屋のよびこみをしているのだが、別れ際《ぎわ》、「私」に向かってこんなことを言う。

「俺らは暫《しばら》くお務めしたらあそこから出られるけどもさ、おやっさんたちは大変すよね、一生あそこから出られないんすからねぇ」

主人公はかつて青函《せいかん》連絡船の乗組員だった。函館で生まれ、函館で生きてきた。「私」が「あそこ」から、あるいは函館から、出たいと思っているのかどうかは書かれていない。ただ、今まで一度も出ていないことがわかるだけだし、これからも出そうもない気配がするだけだし、出ていく人間を見送る場面がたびたび描かれるだけだし、出られない、と他人に言われたりもするだけだ。

二人の男の抱える闇を描きながら、作者はそれを解き明かそうとはしないし、何らかの解決を与えようともしない。闇は闇のまま、ただ横たわっている。不条理そのもののかたちで。

不条理。辻さんはそれを描く。人間を、生を、そして死を。おもしろいなと思うのは、辻さんがどうしてもそこに行かずにいられないようにみえること。「海峡の光」だけじゃなく、「白仏」にも「千年旅人」にも、あるいはたとえば彼の詩集にも、それはある。死が意味するもの、生が残しうるもの。

主人公が、眠っている受刑者たちをみて、死体を連想するくだりがある。

「私は、確かに臨時死体安置所の監視人だった。彼らを死体と思えば、畏怖《いふ》を消し去り安心を取り戻すこともできた。死体は反抗することもない。脱走を試みることもない。腐敗するだけだ。（中略）一体どんな記憶が残っているのだろう。記憶も腐乱するのか。死体の中に残留した記憶の断片こそ、彼らがこの世に存在した証《あかし》である」

その死体の一つである花井は、別の場面で、面会に来た母親に言う。

「ねぇ母さん、世の中の外側にいられることの自由って分かるかい？」

生と死、そしてそこに埋めがたい亀裂《きれつ》として存在する底知れぬ闇。辻さんは、ほとんど無謀ともいうべき勢いでそこに突進する。つきあたりまでつきすすむ、そのひたむきさに難癖をつけるのは簡単だが軽率だ。だって、文学とはそもそもそういうものではないか。

そうしてまた、私は辻さんの言葉のあつかい方に、いつも胸を打たれる。熱心に遊ぶ子供みたいに、自由に、情熱をこめて、辻さんは言葉をあつかう。その純粋さとアバンギャルドさ。

結果として、そこには信じられないくらい忽然と、詩情が立ち現れたりする。

詩情。

私は辻さんの小説の、そこにいちばん惹《ひ》かれる。

たとえば晴れた五月の、舎房の外のグラウンドの描写。

「ここが刑務所であると知らなければ、まるで田舎の寄宿学校にいるような長閑《のどか》さである。鳥が空にピンで止められたかのように、花井の頭上高く静止して見えた。少年刑務所と道を一本隔ててすぐ向かい側の競輪場から、人々の歓声が風に乗って届けられた。刑務所の現実とはほど遠い市民の興奮である。熱狂する声音《こわね》は、観客の感情が高まるにつれ受刑者たちの気を引きつけた。（中略）更に競輪場のすぐ真裏には海岸線が迫っており、ここに囚《とら》われている者なら誰もが一度は、瞼《まぶた》を閉じて顎《あご》を持ち上げ、潮の香りを胸一杯吸って、見えない海原の気配を懐《なつ》かしもうとした経験があるはずだった」

たとえば、主人公が子供の時分に父親とでかけた海の、光を受けて見渡す限り金色の波の記憶。「まるで海は一つの生命体のように、光を食べて呼吸している愛しい動物」だったと語られる。その記憶のかなしみと美しさ。

あるいはまた、古びた船員バーに集う男たちの、頑健な身体《からだ》つきと疲労。テーブルの木目は「海図」に似ており、男たちの顔は、「夜の海中を漂う蛍イカ」のようだ。

読者が、その瞬間にそこにみてしまうもの、感じてしまうもの、そこにだけ在る真実。それをこそリアリティと呼ぶのだ。

辻さんの小説は、きわめて純度の高い文章で構成され、あちこちに詩情を出現させながら、そこだけに在る真実に読者を連れていく。

ここでは、何かがあって、それを表現するために言葉があるのではない。まず言葉があり、言葉が何かをつくりだすのだ。辻さんの小説のその本質的な文学性に、私はたびたびおどろかされる。

（平成十二年一月、作家）

この作品は「新潮」平成八年十二月号に発表され、同九年二月新潮社より刊行された。

江國香織著

きらきらひかる

二人は全てを許し合って結婚した、筈だった……。妻はアル中、夫はホモ。セックスレスの奇妙な新婚夫婦を軸に描く、素敵な愛の物語。

江國香織著

こうばしい日々

坪田譲治文学賞受賞

恋に遊びに、ぼくはけっこう忙しい。11歳の男の子の日常を綴った表題作など、ピュアで素敵なボーイズ&ガールズを描く中編二編。

江國香織著

つめたいよるに

愛犬の死の翌日、一人の少年と巡り合った女の子の不思議な一日を描く「デューク」、デビュー作「桃子」など、21編を収録した短編集。

江國香織著

ホリー・ガーデン

果歩と静枝は幼なじみ。二人はいつも一緒だった。30歳を目前にしたいまでも……。対照的な女性二人が織りなす、心洗われる長編小説。

江國香織著

流しのしたの骨

夜の散歩が習慣の19歳の私と、タイプの違う二人の姉、小さな弟、家族想いの両親。少し奇妙な家族の半年を描く、静かで心地よい物語。

江國香織著

すいかの匂い

バニラアイスの木べらの味、おはじきの音、すいかの匂い。無防備に心に織りこまれてしまった事ども。11人の少女の、夏の記憶の物語。

篠田節子著

仮想儀礼（上・下）

柴田錬三郎賞受賞

金儲け目的で創設されたインチキ教団。金と信者を集めて膨れ上がり、カルト化して暴走する——。現代のモンスター「宗教」の虚実。

篠田節子著

銀婚式

男は家庭も職場も失った。混迷する日本経済を背景に、もがきながら生きるビジネスマンの「仕事と家族」を描き万感胸に迫る傑作。

篠田節子著

長女たち

恋人もキャリアも失った。母のせいで——。認知症、介護離職、孤独な世話。我慢強い長女たちの叫びが圧倒的な共感を呼んだ傑作！

辻村深月著

盲目的な恋と友情

まだ恋を知らない、大学生の蘭花と留利絵。やがて蘭花に最愛の人ができたとき、留利絵は。男女の、そして女友達の妄執を描く長編。

津村記久子著

この世にたやすい仕事はない

芸術選奨新人賞受賞

前職で燃え尽きたわたしが見た、心震わすニッチでマニアックな仕事たち。すべての働く人の今を励ます、笑えて泣けるお仕事小説。

重松清著

ナイフ

坪田譲治文学賞受賞

ある日突然、クラスメイト全員が敵になる。私たちは、そんな世界に生を受けた——。五つの家族は、いじめとのたたかいを開始する。

高樹のぶ子著

光抱く友よ

芥川賞受賞

奔放な不良少女との出会いを通して、初めて人生の「闇」に触れた17歳の女子高生の揺れ動く心を清冽な筆で描く芥川賞受賞作ほか2編。

辻邦生著

安土往還記

戦国時代、宣教師に随行して渡来した外国船員を語り手に、乱世にあってなお純粋に世の道理を求める織田信長の心と行動をえがく。

辻邦生著

西行花伝

谷崎潤一郎賞受賞

高貴なる世界に吹き通う乱気流のさなか、現実とせめぎ合う〝美〟に身を置き続けた行動の歌人。流麗雄偉の生涯を唱いあげる交響絵巻。

伊丹十三著

ヨーロッパ退屈日記

この人が「随筆」を「エッセイ」に変えた。本書を読まずしてエッセイを語るなかれ。一九六五年、衝撃のデビュー作、待望の復刊！

伊丹十三著

女たちよ！

真っ当な大人になるにはどうしたらいいの？マッチの点け方から恋愛術まで、正しく、美しく、実用的な答えは、この名著のなかに。

伊丹十三著

再び女たちよ！

恋愛から、礼儀作法まで。切なく愉しい人生の諸問題。肩ひじ張らぬ洒落た態度があなたの気を楽にする。再読三読の傑作エッセイ。

桐野夏生著
ジオラマ
あたりまえのように思えた日常は、一瞬で、あっけなく崩壊する。あなたの心も、変わってゆく。ゆれ動く世界に捧げられた短編集。

桐野夏生著
冒険の国
時代の趨勢に取り残され、滅びゆく人びと。同級生の自殺による欠落感を埋められない主人公の痛々しい青春。文庫オリジナル作品！

桐野夏生著
魂萌え！（上・下）
婦人公論文芸賞受賞
夫に先立たれた敏子、五十九歳。「平凡な主婦」が突然、第二の人生を迎える戸惑い。そして新たな体験を通し、魂の昂揚を描く長篇。

桐野夏生著
残虐記
柴田錬三郎賞受賞
自分は二十五年前の少女誘拐監禁事件の被害者だという手記を残し、作家が消えた。折り重なった虚実と強烈な欲望を描き切った傑作。

桐野夏生著
東京島
谷崎潤一郎賞受賞
ここに生きているのは、三十一人の男たち。そして女王の恍惚を味わう、ただひとりの女。孤島を舞台に描かれる、〝キリノ版創世記〟。

桐野夏生著
ナニカアル
島清恋愛文学賞・読売文学賞受賞
「どこにも楽園なんてないんだ」。戦争が愛人との関係を歪めてゆく。林芙美子が熱帯で覗き込んだ恋の闇。桐野夏生の新たな代表作。

北村　薫著

リセット

昭和二十年、神戸。ひかれあう16歳の真澄と修一は、再会翌日無情な運命に引き裂かれる。巡り合う二つの《時》。想いは時を超えるのか。

北村　薫著

飲めば都

本に酔い、酒に酔う文芸編集者「都」の恋の行方は？　本好き、酒好き女子必読、酔っぱらい体験もリアルな、ワーキングガール小説。

吉本ばなな著

とかげ

私のプロポーズに対して、長い沈黙の後とかげは言った。「秘密があるの」。ゆるやかな癒しの時間が流れる6編のショート・ストーリー。

佐藤多佳子著

黄色い目の魚

奇跡のように、運命のように、俺たちは出会った。もどかしくて切ない十六歳という季節を生きてゆく悟とみのり。海辺の高校の物語。

佐藤多佳子著

しゃべれども　しゃべれども

頑固でめっぽう気が短い。おまけに女の気持ちにゃとんと疎い。この俺に話し方を教えろって？　「読後いい人になってる」率100％小説。

米原万里著

不実な美女か貞淑な醜女か

読売文学賞受賞

瞬時の判断を要求される同時通訳の現場は、緊張とスリルに満ちた修羅場。そこからつぎつぎ飛び出す珍談・奇談。爆笑の「通訳論」。

海《かい》峡《きよう》の光《ひかり》

新潮文庫　つ－17－7

平成十二年三月一日発行
令和七年六月二十日十五刷

著者　辻《つじ》仁《ひと》成《なり》

発行者　佐藤隆信

発行所　株式会社 新潮社
郵便番号 一六二―八七一一
東京都新宿区矢来町七一
電話 編集部(〇三)三二六六―五四四〇
読者係(〇三)三二六六―五一一一
https://www.shinchosha.co.jp

価格はカバーに表示してあります。

乱丁・落丁本は、ご面倒ですが小社読者係宛ご送付ください。送料小社負担にてお取替えいたします。

印刷・大日本印刷株式会社　製本・加藤製本株式会社

ISBN978-4-10-136127-7 C0193